# 그들이 얌전히 있을 리 없다

**그들이 얌전히 있을 리 없다**

1판 1쇄 | 2014년 7월 5일

지은이 | 하나가타 미쓰루
옮긴이 | 고향옥

펴낸이 | 모계영
펴낸곳 | 가치창조
편 집 | 박지연
디자인 | 한은경

등 록 | 제406-2012-000041호
주 소 | 서울시 마포구 모래내로 7길 12, 405
전 화 | 070-7733-3227 팩 스 | 02-303-2375
이메일 | shwimbook@hanmail.net



ISBN 978-89-6301-101-1 43830
978-89-6301-071-7(세트)

가치창조 공식 블로그 http://blog.naver.com/gachi2012
단비청소년은 가치창조 출판그룹의 청소년 책 전문 브랜드입니다.

# 그들이 얌전히 있을 리 없다

하나가타 미쓰루 지음 | 고향옥 옮김

단비청소년

# 프롤로그

우리 중학교의 수많은 동아리 중에서 가장 유명한 동아리 하나를 들라면 그건 미술부일 거다, 아마도.

얼마 전까지는 회화, 디자인, 판화 등 장르를 가리지 않고 콩쿠르와 예술전에서 화려한 수상 실적을 자랑한 동아리로서. 그리고 지금은 동아리 방이 없는 '떠돌이 미술부'로서.

'전국 학생 예술전에서 최우수상 수상의 쾌거'라는 기사가 신문에 실렸던 요코야마 부장을 비롯하여, 뛰어난 재능의 소유자들이 많아서 생각만 해도 든든했던 3학년 선배들이 졸업한 것은, 올 3월.

돌이켜 보면, 미술부의 수난은 그때부터였다.

갑자기 선배들이 모조리 떠나고(미술부에는 우리보다 한 학년 위의 부원이 한 명도 없었기 때문이지만) 이제 막 2학년이 된 나에게 부장 자리가 떠맡겨지자 동기 부원들이 하나둘 빠져나가기 시작했다.

아, 나 같은 사람이 요코야마 선배 같은 위대한 부장의 후임이라니, 그렇게 코가 빠져 있는 동안 동기들은 완전히 얼굴을 내밀지 않게 되었고, 여름방학이 시작되기 전에 부장인 나와 부부장을 제외한 2학년 부원 전원이 탈퇴 신청서를 내기에 이르렀다. 과연 절망적이었다.

그런데 이럴 때일수록 더욱 힘이 돼 주길 바랐던 지도교사 모딜리아니는 나 몰라라 했다. 그런 데다 신입 부원은 고작 두 명.

그런 미술부에 더 큰 시련이……. 천적이 나타난 거다. 그 천적이란 올 4월에 부임한 교장.

교장은 취임하기가 무섭게 지역에서 주관하는 학력고사 평균을 올려놓겠다고 전교생 앞에서 큰소리 뻥뻥 친 인물로, 마음먹으면 수단을 가리지 않고 밀고 나갔다.

행사를 줄여 수업 시간을 늘렸고, 수학과 영어 시간은 성적에 따라 반을 나누었는가 하면, 시험이 끝나면 상위 몇 등까지 등수를 발표했다.

이런 강압적인 방법들은 당연히 학생들에게는 반발을 샀

다. 하지만 공립 중학교의 학력 저하에 불안을 품고 있던 학부모들의 지지를 등에 업은 교장이 다음으로 내세운 것이 바로, '매일 방과 후 보충수업' 계획.

교장이 그 보충수업 전용 교실 중 하나로 눈독을 들인 곳이 바로 미술부의 동아리 방이었다.

여름방학이 끝나자마자 교장은 부원이 적고(네 명밖에 없다), 실적이 없는(공모전에서 입선은커녕 작품 제출도 못하고 있다) 부서에 그렇게 넓은 교실(미술부 동아리 방은 특별교실 크기였다)은 사치라는 이유로 동아리 방을 비우라고 통보해 왔다.

근데 아무리 교장이라도, 그래도 되는 거야?

이쪽 얘기는 한 마디 묻지도 않고 일방적으로 방을 빼라니, 그런 억지가 어디 있냐고.

그런 사정으로, 우리 미술부원은 막무가내로 방을 빼라고 압박하는 교장에게 몸 던져 저항을 시도해 봤지만 허망하게 장렬히 패배. 동아리 방은 몰수당하고 말았다.

이후, 동아리 방을 잃은 미술부는 맑은 날은 학교 안뜰이나 운동장, 비 오는 날은 교사 한쪽 구석……, 그렇게 그림 그릴 곳을 찾아 온 학교를 떠돌아다니고 있다.

방과 후.

집합 장소인 자재실 앞에서 우리 미술부원들은 우메하라 류노스케를 기다리고 있었다. 참고로 자재실이란 창고다. 동아리 방에서 쫓겨날 당시, 동아리 방에 있던 모든 짐은 일단 이 자재실에 넣어 두었다.

하지만 미술부에는 덩치 큰 짐이 많았다. 창고는 비좁은 데다 이미 물건들로 꽉 차 있었다. 그런 데다 선반이며 화집, 이젤, 캔버스, 그 밖의 잡다한……, 게다가 에칭 프레스기까지 넣어 뒀기 때문에 짐들이 금방이라도 문을 부수고 나올 것만 같았다.

불가능한 건 아니지만 사람이 들어갈 여지 따위 없었다.

그런 사정으로, 집합 장소라지만 문밖에 서 있을 수밖에 없는 우리들.

동아리 방이 없으니 몹시 불편했다.

"뭐 하는 거야, 걔는. 선배를 기다리게 하고 말이야, 참 대단하신 분이네."

복도에 앉아 투덜대는 건 같은 2학년인 부부장 가노 호코. 기다리다 지쳐서 심통이 난 거다.

"……오늘…… 1학년은…… 보충수업이……."

우두커니 창가에 서서 추적추적 내리는 10월의 비를 조용히 바라보던 아오키 시게오가 쭈뼛쭈뼛 끼어들었다.

성냥개비처럼 비쩍 마른 데다 초등학생처럼 몸집이 작은 아오키는 목소리도 가냘프다.

하지만 그 아오키도 엄연한 1학년.

"넌 보충수업에 안 가도 돼?" 하고 따져 묻고 싶지만 얘는 보충수업은 고사하고 수업에 들어간 적도 없다.

초등학생 때부터 사람들과 의사소통하는 게 힘들어 등교 거부를 되풀이했던 아오키. 중학생이 된 뒤로는 일단 등교는 하고 있지만, 교실을 그대로 지나쳐 동아리 방으로 직행.

아오키의 담임도 학교에 나오지 않는 것보다야 낫다는 이유로 '동아리 방 등교'를 묵인해 주었지만, 그 동아리 방을 빼앗긴 이후로는 미술부 지도교사인 모딜리아니의 방에서 하루를 보내고 있다.

그런 까닭에, 지금은 '미술 교사실로 등교하는 아오키'라고 불리지만, 이전에는 최소한의 반응조차 하지 못했던 그 애가, 대상이 우리 미술부원뿐이라곤 하지만 이따금 한 마디씩 한다.
"그래도 너무 늦잖아."
호코가 짜증스럽게 투덜댔다.
"걔, 이번 시험 성적이 자기 역사상 최악이었다던데, 특별히 더 닦달당하는 거 아냐?"라는 나.
"우메하라 걔, 다른 건 몰라도 공부 하나는 잘하지 않던가?"
"초한정판 피규어를 깜빡하고 예약하지 못했다나. 그래서 시험 전날, 아키하바라에 사러 갔나 봐."
"허걱."
어이없다는 듯 한숨을 내뱉는 호코.
"근데 그게 가는 데마다 다 팔려서 못 샀대. 그 충격으로 시험을 제대로 못 봤나 봐."
호코 입에서 한 번 더 "허걱!" 소리가 나온 바로 그때.
타타타닥, 엄청난 땅울림과 함께 살집이 좀 있는 남자애가 복도 저편에서 뛰어왔다.
"죄, 죄송해요. 보충수업이 이제야 끝나서."
보슬보슬 비 내리는 쌀쌀한 날씨인데도 이마에 송골송골 땀이 맺힌 우메하라가 변명하는 동안 부장 모드로 바뀐 나는 다른 부원들을 재촉했다.

호코가 느릿느릿 일어나고, 아오키의 시선이 빗방울 맺힌 유리창에서 이쪽으로 이동했다.

"그럼, 부원이 모두 모였으니까 가위바위보로 모델을 결정하겠습니다."

까닭도 모른 채 다짜고짜 가위바위보를 하자는 소리에 조급했던지 남들보다 늦게 바위를 낸 데다 져 버린 우메하라.

"자. 오늘 인체 소묘 모델은 우메하라로 결정됐습니다."

"어?"

우메하라가 단춧구멍만 한 눈을 크게 떴다.

"제가 왜……."

"가위바위보에서 졌기 때문입니다."

"그런 말, 못 들었다고요. 아니, 모델이라면 제가 아니어도 비너스나 브루투스가 있잖아요."

"비너스도 브루투스도 석고상은 죄다 창고 맨 안쪽에 넣어 뒀잖아. 그걸 무슨 수로 꺼내라는 거야."

나는 말하면서 자재실 문을 열어 보여 줬다.

자재실 내부는 짐들이 산더미처럼 쌓여 있는 탓에 맨 안쪽에 있는 데생용 석고상을 꺼내는 건 거의 '발굴' 수준.

"근데 우메하라가 모델을 하면……."

재미있다는 듯 호코가 말했다.

"구경꾼이 몰려들지 않을까?"

하긴, 열세 살 어린 나이에 배가 볼록 나온 배불뚝이 몸매에, 손질하지 않은 머리칼이 답답하게 두부에 달라붙은 우메하라가 진지한 얼굴로 포즈를 취하고 있으면, 대박 웃길 거다.

평소에는 눈치 없는 우메하라도 그런 분위기를 감지한 모양이었다.

"그게, 무슨 말이에요?" 하고 따지고 들었다.

"무슨 말이냐니……, 그야 뭐, 생각해 봐, 오타쿠는 수수께끼 같은 존재감이 있으니까……."라는 호코.

"오타쿠를 우습게 보지 마세요. 요즘 오타쿠는, 일본의 마니아 아이템이라고요."

우메하라는 별안간 서슬이 퍼레졌다.

"일본 문화가 세계적으로 퍼져 있는 건 애니메이션이랑 만화랑 게임인 거 몰라요? 그 유명한 〈매트릭스〉도 오시이 마모루(일본의 애니메이션 감독이자 영화감독-옮긴이) 애니메이션의 영향 없이는 탄생하지 못했다 해도 과언이 아니고……, 지금 세계적으로 주목받는 팝아티스트 무라카미 다카시의 꿈도 애니메이션 제작이라고요."

오타쿠 토크를 쏟아 내는 우메하라를 "그런 말을 하는 거

보니까 기운이 남아도는 거 같은데." 하고 호코가 가로막았다.

"잔말 말고 모델이나 하지 그래."

"싫어요. 그런 창피한 짓."

'지금 창피해할 때냐?'라고 마음속으로 쏘아붙이는 나.

비 오는 날의 미술부 활동 장소는 복도나 계단 층계참이다. 지나가는 아이들에게 구경거리가 되는 건 당연한 일. 그런 거 하나하나를 창피해하다가는 아무것도 못 한다.

우리에게는 구경꾼보다 더 버거운 상대가 있잖아.

당연한 일이지만 교장은 미술부를 못 잡아먹어 안달이다.

그런 우리가 복도라는 공적인 장소에서, 더구나 구경꾼들 앞에서 동아리 활동 따위 하는 장면이 교장이나 교감의 눈에 띄는 날에는, 통행에 방해된다는 이유를 내세워 즉각 철수 명령을 내릴 게 뻔하다. 이젤이며 보드를 짊어지고 허겁지겁 자리를 떠야 하는 상황을 좀 생각해 보라고.

동아리 방을 빼앗길 당시에는, "장소 같은 거 없어도 예술은 할 수 있어." 하고 잘난 척한 나지만, 막상 닥치고 보니 그렇게 만만치 않다는 걸 뼈저리게 느끼고 있다.

이건 뭐, 숫제 동아리 활동이라기보다 게릴라 활동을 하고 있는 심정이라고.

그런 까닭에 창피하다는 우메하라에게, "석고상과 인체는 모티프가 다르잖아. 인체는 살아 있는 데다 감정도 있고 반응도 있으니까 말이야."라고 설득하는 나.

"요코야마 부장도 인체 소묘란, 모델을 그림이라는 언어로 번역하는 것이라고 했고."

참고로, 요코야마 부장이란 작년에 인재의 집합소 같았던 3학년들을 이끌었던 카리스마 부장. 머리도 좋고, 재능까지 있는데도 거만한 기색이라곤 없었다. '예술'의 '예' 자도 몰랐던 신입 부원에게도 많은 것을 가르쳐 주었던 친절한 선배. 그는 나의 우상이었다.

"그 말은, 다시 말하면 인체라는 3차원의 형태만 정확히 그리는 게 아니라, 성격이나 표정 같은 것까지도 재현한다는 거잖아. 그렇다면 우메하라 너처럼 개성적인 캐릭터 쪽이 더 번역하는 보람이 있겠지."

거의 요코야마 부장의 말을 내 것인 양 떠들어 대긴 했지만 내가 생각해도 멋진 말이었다.

그런데 "아, 나왔습니다! 주특기인 '요코야마 부장도 말했고'가."라고 비아냥거리는 말투로 초를 치는 호코.

부장으로서 부부장인 호코와 호흡을 잘 맞춰 나가야 한다는 것은 알지만, 호코의 이런 점 때문에 진짜 열 받는다.

"세쓰코 얘기를 듣고 있으면 좀 따분하단 말이야. 애당초 '인체 소묘'라는 시점부터가 재미없어."

게다가 호코와는 동아리 활동 방식에 대해서도 의견이 맞지 않았다.

"그런 따분한 것 말고, 가끔은 대중적이고 쿨한 오브제 같은 것도 좀 만들자고."

오브제라니……, 동아리 방도 없는데 그렇게 덩치 큰 걸, 어디서 만들자는 거야.

"오브제도 괜찮지만 애니메이션도 좋다고요."

그렇게 끼어든 건 우메하라.

"그거 알아요? 컴퓨터만 있으면 누구나 애니메이션을 제작할 수 있어요."

아, 모두들 자기 하고 싶은 것만 하자고 난리 블루스다.

때로는 과묵한 아오키 좀 본받지 그래. 그런데 그 아오키를 보니 마음이 이미 여기서 떠나 있었다. 비로 뿌예진 유리창 너머로 시선을 던진 채 자기 세계 안에 들어가 있었다.

아, 이런 애들을 이끌고 가야 하다니……. 이래서 부장 같은 거 하고 싶지 않았던 거다. 그런데 다들 나에게 억지로…….

점점 속이 부글부글 끓어오른 나는, "데생을 우습게 보는 사람은 예술을 할 자격 없어!" 하고 엉겁결에 빽 소리치고 말았다.

움찔 몸을 떨며 아오키가 이쪽 세계로 돌아왔다.

"서, 선배님, 화났어요? 혹시 화난 거예요?"

우메하라는 눈을 치뜨고 눈치를 살피며 "알았어요, 알았다고요." 하고, 호코는 귀찮아 죽겠다는 듯 "'데생은 모든 것의 기본'인 거죠."란다.

뭐냐, 그 밉살스런 말투는.

"그래도 따분한 인체 소묘를 할 거면, 최소한 모델 정도라도 제대로 골라 보자. 우메하라처럼 재미만 있다고 되는 건 아니잖아."

불룩한 볼을 더욱 부풀리는 우메하라.

아랑곳없이 계속하는 호코.

"모델이란 영감의 원천이잖아. 예를 들면, 달리의 뮤즈였던 갈라 부인처럼 예술가의 영감을 자극할 수 있는 캐릭터여야지."

"우리 넷 중, 그런 강력한 캐릭터가 누가 있다고 그래."라는 나.

"그러니까……."

호코가 커다란 눈동자를 번쩍 빛냈다.

"모델은 밖에서 찾자고."

호코는 종종 짜증스럽지만 간혹 괜찮은 아이디어도 낸다.

"뮤즈니까 당연히 여자겠네요."

조금 전까지 망연해하던 우메하라의 얼굴에 갑자기 화색이 돌았다.

"아니, 저절로 '그리고 싶다!'는 마음이 들게 하는 사람?" 이라는 호코.

"그러니까, 오라가 있는 여자인 거죠?"

끝까지 '여자'를 고집하는 우메하라.

오라라면…….

당연히 우에무라지.

우에무라 쇼코는 지역 대표로도 선발됐던 여자 농구부의 에이스이자 보이시한 미인. 오뚝 선 콧날에 늠름한 얼굴. 그런 데다 큰 키에 길쭉길쭉한 팔다리 때문에 여자애들로부터 "우에무라는 왜 남자가 아니냐고!"라고 원성(?)을 듣는 전교 최고의 미남(?)이다.

호코나 우메하라도 우에무라라면 불만 없을 거다.

"아오키는 어떻게 생각해?" 하고 돌아보자 그 아오키는 난감했던지 고개를 갸웃하고는 슬픈 듯 눈을 감았다.

묻지 말았어야 했다. 현실보다 자기 세계에 빠져 있는 시간이 압도적으로 많은 아오키가 우에무라를 알 리 없었다.

우에무라는 체육관 안에서 슈팅 연습을 하고 있었다. 나긋한 폼으로 던지는 공이 아치처럼 높다랗게 포물선을 그리며 잇따라 그물 속으로 빨려 들어갔다. 손가락 끝에서 공이 떠나는 순간의 움직임이 스톱모션으로 망막에 새겨졌다. 그건 마치 이탈리아의 바로크 예술가 베르니니(Bernini)의 조각과도 같았다…….

하지만 잠깐 정지한 직후, 그 몸은 흐르듯 다음 형태로 바뀌어 갔다.

이런 광경을 볼 때면, 새삼 인체란 얼마나 아름다운 연동체일까 하고 생각하게 된다.

호코도 우메하라도(단, 운동장이나 교실처럼 사람이 많은 곳을 싫어하기 때문에, 게다가 체육관은 유난히 더 싫어하기 때문에 10미터쯤 뒤에 있는 기둥 뒤에서 나오지 않는 아오키는 제쳐두고) 넋 놓고 바라보았다.

단언하건대, 예술을 지향하는 사람이라면 우에무라 쇼코는 한 번쯤 그려 보고 싶은 뮤즈다.

뮤즈가 코트에서 올라왔다.

수건으로 땀을 닦는 우에무라에게, "저어, 나 미술부인데, 얘기 좀……." 하고 말을 건네는 나를 20센티미터 상공에서 시원스런 눈동자가 내려다보았다.

그 단정한 이목구비. 같은 중2인데 어쩜 이렇게 어른스럽고 멋질까. 우에무라의 팬이 아닌 나마저 왠지 가슴이 두근두근했고, "우에무라는 왜 남자가 아닌 거야."라는 여자애들의 마음을 이해할 것 같았다.

그런 생각을 하며 용건을 꺼내려는 나를 우에무라의 허스키한 목소리가 가로막았다.

"아, 미술부! 그 불꽃놀이 때는 우리 농구부 애도 된통 당했지."

안 돼.

나도 모르게 시선이 허공을 맴돌았다.

'그 불꽃놀이'란, 교장의 퇴거 명령에 저항해서 동아리 방이 있던 C동 4층에서 농성했을 때의 일이다.

큰 소동을 벌여 교장을 교섭의 장으로 끌어낼 목적으로 동아리 방 창밖으로 쏘아 댄 로켓 불꽃이 학생들을 무차별 공격해 버린 사건을 말하는 거다.

그러고 보니 분명, 안뜰에 있던 농구부원 몇 명이 로켓 불꽃에 희생된 것 같기도…….

우에무라는 지금 화내고 있는 거다. 우리는 모델 따위 부탁할 처지가 아니었던 거다.

하지만 다음 순간, 우에무라의 입술에서 후웃 하고 숨이 새어 나왔다.

"뭐 재밌긴 했어, 너희들이 날뛰는 모습."

그 웃음 섞인 목소리에 나는 후유 하고 가슴을 쓸어내렸다. 그럼 그렇지, 이런 미소년 같은 애가 그런 사소한 일에 꽁하고 있을 리 있겠어.

나는 또다시 용건을 꺼냈다.

"모델이라니, 영광인데."

이, 이건, 느낌이 아주 좋은걸.

그렇게 생각한 것도 잠시, 마치 다카라즈카의 남자 역(다카라즈카 가극단은 단원이 전부 여자이기 때문에 남자 역도 여자가 한다-옮긴이) 배우처럼 짧은 앞머리를 멋지게 추켜올린 우에무라는 딱 잘라 거절했다.

"근데 안 돼. 시합이 코앞이라 그런 거 할 시간 없어."

유력한 후보가 안 된다는데도, "여자라면 아직 많아요."라며 묘하게 들뜬 우메하라.

하지만 의욕이 하늘을 찔렀던 우메하라도, 빼어나게 비율 좋은 수영부 여학생과 얼굴 갸름한 서예부 미인에게 거절당한 뒤, 선택지를 더욱 확대하여 토속적인 얼굴이며 가슴이 수박만 한 여학생, 구석기시대였다면 인기 꽤나 끌었을 법한 인물들, 그밖에도 예술적인 견지에서 많은 여학생을 만나 봤지만 헛수고. 부탁하는 족족 거절당하다 보니 점점 의기소침해져 갔다.

거절당한 이유가 '아무리 데생 모델이라도 오타쿠가 뚫어지게 바라보는 건 기분 나쁘다.'라는 것을 우메하라 본인도 눈치챘기 때문이다.

혹시, 우리 학교 여학생 모두가 우메하라를 싫어하는 건…….

하도 딱해서, "아 뭐, 신경 쓰지 않는 게 좋아." 하고 엉겁결에 우메하라를 다독여 주는 나.

"그 애들이 오타쿠의 장점을 몰라서 그래."

그렇게 말한 나도 바로 얼마 전까지 오타쿠에게 좋은 점이 있다는 건 몰랐지만.

"오타쿠의 장점이란 게, 뭐?"

호코가 귓가에 속삭였다.

"그야……, 그거지, 그거. 한 번 마음먹으면 뚝심 있게 밀고 나가는 점이나, 고집하는 지점에서는 절대 지지 않으려고 하는 점이……. 또, 고집부리다 분위기 파악 못하고 오타쿠스런 지식을 쏟아 내다 나가떨어지거나…….”

“결론은, 나가떨어지는 거네.”

“상관없어요. 신경 안 써요.”

우메하라는 불룩한 볼을 살짝 붉히고 말했다.

“그런 애들이 어떻게 생각하든 선배님이 그렇게 말해 주면 저는……. 아니 그보다, 3차원 여자애들이 아무리 재수없어 해도 나한테는 아직 2차원 여자가 있으니까요.”

아니, 그것도 어떨까 싶은데.

결국, ‘모델은 여자’라고 선을 그은 게 잘못이었다는 의견이 모아지면서 이야기는 ‘남자도 좋다’라고 흘러갔다.

여자만 고집하던 우메하라도 별수 없이 받아들일 수밖에 없었다.

남자라면 역시 몸을 보고 고르고 싶었다. 가능하면 그리스 조각처럼 아름다운 몸의 소유자.

그리하여 운동부 동아리 쪽에 좋은 소재가 없겠느냐는 의견이 나오자, “그렇다면 두 말할 것도 없이 야구부지.”라고 딱 잘라 말한 것은 호코.

이유는 “야구부는 전국대회 지역 예선에서 준우승했으니까.”란다.

야구의 강인함과 몸의 아름다움이 어떤 연관이 있는지, 문과 성향인 나는 잘 이해되지 않았다. 아니, 뭣보다 운동부 남학생에 관한 정보를 가지고 있는 게 없었다. 그런 까닭에, 이건 자신 있어 보이는 호코에게 맡길 수밖에 없었다.

호코의 말에 따르면, 비 오는 날은 연습실에서 근육 단련을 하고 있을 터.

왠지 묘하게 자세히 알고 있다.

그 연습실이란 데에는 비 때문에 운동장에 나가지 못하는 축구부나 육상부 같은 부서의 학생들이 우글우글했지만 야구부원은 없었다 .

"딱히 야구부가 아니라도, 이 중에서 체격 좋은 남학생을 적당히 골라서 부탁하면 되잖아."라는 내 의견을 무시하고, "동아리 방에 있을지도 몰라."라며 끝까지 야구부를 고집하는 호코.

하지만 연결 복도를 지나 교사 끝, 조립식 동아리 방 건물이 보인 순간, "앗!" 하는 작은 외침 소리와 함께 호코의 발이 급정지했다.

호코의 시선 끝에, 건물 맨 끝 '야구부' 팻말이 걸린 처마 밑에서 큰 키에 몸집이 큰 남학생 한 명이 배트를 휘두르고 있었다.

"저게 누구?"

내가 묻자, "3학년 구로다 기요타카 선배. 야구부 전 주장이고, 올 여름에 은퇴하기 전까지 포수에 4번 타자였어." 막힘없이 대답하는 호코.

근데 넌 왜 그렇게 야구부에 대해 잘 알아? 게다가 "설마, 이런 데서 만날 줄은……."이라며 눈동자가 촉촉해졌고.

호코의 취향이 저런 '느끼남'이었던가.

그래도 뭐, 얼굴은 어쨌거나 멀찍이서 봐도 구로다 선배의 몸이 좋다는 건 알 수 있었다.

이 사람을 모델로 인물 소묘를 해도 좋을 수도 있겠다.

하지만 "만날 줄은……."이라고 말한 뒤로 호코는 꿈쩍도 하지 않았다. 방금 전까지는 그렇게 적극적이더니.

나는 일면식도 없는 선배에게 불쑥 말을 걸 배짱은 없는데.

우메하라와 아오키에 이르면 운동부의 남학생 동아리 방이 모여 있는 구역에 발을 들여 놓은 것만으로도 주눅이 들어 있었다.

우물쭈물하는 사이, 구로다 선배가 휘두르던 배트가 멈췄다. 우리가 보고 있는 걸 안 모양이다.

스포츠머리가 삐죽삐죽 자라서 왠지 성게 껍질을 뒤집어

쓴 것 같다. 가무잡잡한 피부. 굵직한 목. 짙은 눈썹. 그 눈썹 밑의 눈빛이 날카롭다.

수상쩍은 우리 4인조를 향해 발사하던 날카로운 광선이 나에게 집중됐다, 고 느끼자마자 금세 눈빛이 부드러워지고 선배의 입에서 "어!" 하는 목소리가 나왔다.

"누군가 했더니 네기시 세쓰코와 그 친구들이잖아."

어떻게 된 일인지, 갑자기 우호적으로 바뀌었다. 게다가 나의 풀네임을 알고 있고.

요즘 들어, 이런 일이 자주 있다.

농성 사건 때, "주동자가 누구냐!"라는 교장의 도발에 나는 동아리 방 창문에서 얼굴을 내밀었다. 그러자 안뜰을 가득 메운 학생들이 나를 올려다보고 있는데, 교장이 스피커로 "네기시 세쓰코, 또 너냐!"라고 내 풀네임을 부르며 악을 쓴 통에…….

그 일로 내 얼굴과 이름이 전교생에게 다 알려지게 되었는데, 워낙 조용하고 성실한 나로서는 전혀 달갑지 않은 일이다.

"저항하는 그 모습. 무쟈게 재밌더라." 하고 구로다 선배는 말했다.

재미있다. 그 말은 우에무라한테도 들었는데, 연달아 그런 말을 듣는 것도, 좀.

"4층 창문에서 펑펑 폭죽을 쏘아 대고, 교장한테는 '우리하고 이야기하라!'라고 요구 사항을 들이밀고. 미술부는 약해 빠진 애들만 있는 줄 알았더니, 꽤 패기 있던데, 네기시 세쓰코와 그 친구들."

아니, 칭찬해 주는 건 기쁘지만 그렇게 몇 번이고 '네기시 세쓰코'를 들먹일 필요까지야.

별나게 허물없이 구는 선배에게 움츠러들면서도 내 눈은 그 다부진 어깨에 빨려 들어갔다. 가까이서 보니, 와이셔츠를 입었는데도 굵직한 골격과 두툼한 근육이 느껴졌다.

내가 구로다 선배의 몸에 넋 놓고 있는 사이, 호코가 긴 속눈썹을 위아래로 깜빡거리며 자기소개를 했다.

"저, '그 친구들'이 아니라 제 이름은 가노 호코. 2학년 3반이에요."

그리고 평소보다 한 옥타브 높은 목소리로 물었다.

"여기서 뭐 하고 계셨어요?"

그 말에, 보면 몰라? 라고 핀잔을 주고 싶었다.

"몸을 안 움직이면 찌뿌듯해서 말이야."

구로다 선배는 멋쩍은 듯이 머리를 긁적였다.

"근데 은퇴한 3학년이 후배들 훈련하는 데 기웃거리면 다들 신경 쓰이겠지. 그래서 부원들이 없을 때, 여기 와서 스윙 연습 하는 거야."

운동을 하지 않으면 몸이 찌뿌듯하다니……, 나는 운동부 쪽 사람의 메커니즘을 잘 모르겠다.

하지만 구로다 선배가 중학생 같지 않은 늠름한 몸의 소유자인 건 안다.

그렇다지만 이렇게 활기차게 남성다움을 과시하는 사람에게 다짜고짜 "모델이 돼 주세요."라고 부탁해도 될까. 기분 나쁘게 하는 건 아닐까.

하지만 뭐, 밑져야 본전이지.

쭈뼛쭈뼛 모델을 부탁했다.

"좋아."

즉답이었다.

"괘, 괜찮아요?"

나는 엉겁결에 되물었고, 호코는 "꺄악!" 하고 소리치고 몸을 배배 꼬았다.

"좋아. 입시에 기분 전환도 될 거고, 또." 하고 구로다 선배는 구김살 없이 웃는 얼굴로 이렇게 말했다.

"난 패기 있는 애들이 좋아."

그런 이유로 '좋다'는 말을 듣는 게 썩 유쾌하지는 않았다.

그런데 "그럼, 바로 시작할까?"란다. 과연 운동부 쪽 사람답게 움직임이 빨랐다.

"부, 부탁합니다."라고 말하면서 나는 한 가지 문제가 있는 것을 떠올렸다.

"다만, 선배님도 아시는 대로 미술부에는 동아리 방이 없어서 모델을 할 장소가……, 그러니까, 그게……, 복도나 계단 층계참 같은 데서 해야 하는데요……."

"그럼, 여기서 그리면 되잖아."

구로다 선배가 '야구부' 팻말이 걸린 문을 가리켰다.

"빗발이 가늘어져서 부원들 모두 체력 단련하러 나갔으니까, 앞으로 두 시간 안에는 돌아오지 않을 거고. 그동안 이 동아리 방을 써도 상관없어."

머릿속에서 선배의 말이 마치 천국의 종소리처럼 감미롭게 울려 퍼졌다.

아. 야구부 동아리 방을 쓴다면 구경꾼의 시선을 신경 쓰지 않아도 되고, 언제 교장이나 교감이 들이닥칠까 걱정하지 않고 그림 그리는 데에만 전념할 수 있지 않은가.

구로다 선배는, 선이 굵어 인상은 강해 보였지만 좋은 사람이었다.

상태가 좋지 않은 미닫이문을 삐거덕삐거덕 열자, 입구에 실내화며 스니커 따위가 어지럽게 나뒹굴었다.

시멘트 바닥은 공이 수북이 담긴 양동이며 배트로 가득한 플라스틱 맥주 상자, 스포츠백과 의자 따위로 발 디딜 틈이 없었다. 로커 대용인 신발장 같은 선반에서는 물건이 넘쳐 났고, 천장을 가로질러 매어 놓은 줄에는 윈드브레이커며 티셔츠며 우산, 수건 따위가 빨래처럼 걸려 있었다.

빛이 들어오는 곳이라곤 정면의 창뿐. 그 창과 천장 사이 벽에 전국 중학교 야구 선수권 지역 대회에서 준우승한 단체사진과 먹빛도 선명하게 '패기'라고 쓰인 색지가 걸려 있었다.

정말이지 처음 들어간 야구부 동아리 방은 비좁고, 더럽고, 악취가 진동했다.

하지만.

왠지 모르게 콧날이 시큰했던 건 악취 때문이 아니라, 땀과 기름과 먼지와 곰팡이와 그리고 배트와 글러브 따위에서 나는 역한 냄새가 뒤섞인 난잡한 분위기가 자아내는 따뜻함이 서글퍼서.

악취가 나든, 지저분하든 동아리 방이 있다는 것이 얼마나 부러운 일인가.

불과 한 달 전까지만 해도 우리도 있을 곳이 있었는데.

정말, 거긴 최고의 장소였다.

동아리 방이 있던 C동은 다른 교사와 떨어져 있어서 조용했고, 과학실과 가사실과 같은 특별실 크기여서 널찍했고, 창문이 많아서 밝기도 했어. 뭣보다 역대 미술부원들의 애정이 가득 담겨 있었지……. 그렇게 지금은 없는 동아리 방을 그리워하고 있을 여유가 없었다.

구로다 선배가 베풀어 준 눈물 나게 고마운 호의. 야구부원이 체력 단련 훈련에서 돌아올 때까지의 제한된 시간을 유용하게 써야 했다.

익숙하지 않은 장소인 탓에 어쩔 줄 모르는 우메하라와 문밖에서 꼼짝 않고 서 있는 아오키와 구로다 선배 앞에서 마냥 쑥스러워하는 호코를 재촉하여 바닥에 널브러진 짐들을 옆으로 밀쳐놓고 공간을 확보해 자재실에서 가져온 이젤을 세워 놓았다.

그 한가운데에 맥주 상자를 놓고, 그 위에 판자를 올려놓아 모델이 서 있을 받침대도 만들었다.

"으음, 포즈는……, 그래요, 우선, 미켈란젤로의 다비드처럼 하면 어떨까요?"

그렇게 주문하는 나에게 고개를 갸웃거리는 구로다 선배.

"다비드?"

"다비드는 구약성서에 나오는 중요한 인물 가운데 한 사람이고, 유태인의 영웅이에요. 많은 예술가들이 조각상의 모티프로 삼고 있는데, 특히 유명한 것이 미켈란젤로의 작품, 젊은 날의 다비드상이에요. 투석기를 어깨에 메고……, 아, 투석기란 뭐, 큰 돌을 던질 때 쓰는 기구고요……. 아름다운 청년이 적장인 거인 골리앗을 똑바로 응시하고 있어요."

"그거, 멋있어?"

"네. 멋있어요."

"좋아, 그걸로 하자."

구로다 선배는 마초 같은 외모와 반대로 꽤 가벼운 사람이었다.

"그럼, 벗어 주세요."

내 말에, 자신과 어울리지 않는 세계에 따라 들어와 뻣뻣하게 굳어 있던 아오키가 얼굴을 들었고, 호코는 이젤에 올려놓으려던 두꺼운 종이를 시멘트 바닥에 떨어뜨렸고, 우메하라는 하마터면 의자에서 미끄러져 떨어질 뻔했다.

"그 말은, 물론 농담이고요. 선배님처럼 균형 잡힌 늠름한 몸을 가진 사람이 모델이 돼 주신다니 무척 기쁜 나머지, 신이 나서 그만 말이 헛나갔어요."

선배의 입꼬리가 살짝 올라갔다.

"내 몸이, 그렇게 좋아?"

"네, 멋져요."

선배의 양쪽 입술 끝이 쓰윽 올라갔다.

"특히 그 근육이."

선배는 근육이란 말에 격하게 반응했다.

"사실, 내 근육은 세 개로 나뉘어 있긴 하지."

"우아, 보고 싶다!"

나의 과장된 목소리에 우메하라는 허둥거리고, 아오키는 몸이 점점 더 굳어지고, 호코의 볼은 발그레 물들었다. 그리고 정작 구로다 선배 본인은 딱히 싫은 것 같지 않았다.

이렇게 되면, 한 방에 넘어올지도. 하지만 사람을 유혹하기 위해서는 그 나름의 논리도 필요한 법.

"석고상 데생과 인체 데생의 차이는, 당연한 얘기지만 대상물이 살아 있다는 점이에요. 그리고 살아 있는 인체는 정지해 있어도 늘 다음 움직임을 예측하게 하는 운동체고요."

이런 내용이, 요전에 읽은 〈초급 기법 강좌 데생〉이란 책에 나왔을 거다, 분명.

"선배님 몸은, 운동체로서 최고의 모티프예요. 생명력과 약동감이 넘쳐 나거든요."

"그, 그런가."

눈에 보이게 뿌듯해하는 구로다 선배의 얼굴.

"그런 몸이 눈앞에 있다면, 그 전체를 보고 싶다, 표현하고 싶다, 그렇게 생각하는 건 예술에 뜻을 둔 사람으로서는 자연스런 감정이겠죠?"

"예술?"

"네. 예술을 위해서예요."

"예술을 위해서, 란 말이지."

구로다 선배는 9회말 2사 만루, 한 점 역전 타석에 선 시애틀 매리너스의 이치로 선수처럼 완전히 몰입하는 눈초리로 투수를, 아니 허공을 노려보았다.

아무래도 마음이 동한 것 같았다.

마음이 움직인 선배는 스스로 셔츠를 벗어 던졌다.

마초는 벗는 것에 저항감이 적은 모양이다. 아니, 단련된 근육을 보여 주고 싶은 욕구가 있는지도 모른다.

실제로 셔츠를 벗은 몸의 표면은 음영이 뚜렷했다. 두툼한 근육, 갈라진 복근. 그리스 조각에 비할 바는 아니지만 예상대로 상반신은 꽤 좋았다.

그럼. 하반신은?

선배의 손가락이 바지 허리띠에 걸쳐졌다.

야구부 동아리 방이 묘한 정적과 긴박감에 휩싸였다.

호코의 눈동자가 기대감으로 반짝반짝 빛났다. 아오키의 입은 반쯤 벌어져 있고, 우메하라는 점점 더 허둥대고, 나는 두 손을 모으고 '벗어!' 하고 텔레파시를 보냈다.

하지만 다음 순간, '툭' 하는 둔한 소리에 정적이 깨졌다. 우메하라가 당황한 나머지 꽉 쥐고 있던 콩테를 부러뜨린 것이다.

그 소리에 정신이 돌아온 선배가 허리에서 내려가기 직전인 사각팬티를 허둥지둥 끌어올렸다.

"아."

호코의 입에서 낙담하는 목소리가 새어 나왔다.

아쉽다. 조금만 더 있으면 됐는데.

결국 '예술을 위해서'라는 대의에 떠밀린 구로다 선배는 동아리 방 선반 구석에 둘둘 말려 있던, 누군가 여름 수영 수업 때 입고 내팽개쳐 둔 경영용 수영복을 입고 모델이 돼 주기로 했다.

운동부 쪽 사람들은 대의에 약하다.

"오른쪽 어깨는 조금 내린다 싶게. 중심을 오른발에 두고. 그렇게요. 그리고 왼발은 좀 더 자유롭게 해 주세요."

맥주 상자 발판 위에 올라간 구로다 선배에게 포즈를 주문했다.

어쨌건 다비드 버전이기 때문에, 투석기 대신 왼쪽 어깨에 배트를 메고 있기로 했다.

"눈초리, 내려갔어요. 웃지 말아 주세요. 지금은, 다비드가 적진의 골리앗을 도전적인 시선으로 응시하는 설정이니까요. 그래요, 얼굴도 결전에 임하기 전의 긴장된 표정으로 부탁합니다."

까다롭게 주문하는 내 귓가에 호코가 나무라듯이 말했다.

"넌, 예술을 위해서라면 선배를 발가벗겨도 괜찮구나."

뭐, 제일 좋아했던 게 누군데, 이런 소리를…….

하얀 목탄지 위를 달리던 손이 멈췄다.

갑자기 바깥이 소란스러워져 집중할 수 없었다.

아무래도 1, 2학년 야구부원들이 훈련을 마치고 돌아온 모양이었다.

삐거덕삐거덕 귀에 거슬리는 소리를 내며 미닫이문이 열렸다.

긴장감이 감돌았던 동아리 방 안으로 비 개인 날의 습한 공기와 함께 떠들썩한 소리가 우르르 흘러 들어오고, 다음 순간 그것은 비명으로 바뀌었다.

놀라는 것도 당연하다.

전 주장이 수영복(그것도 삼각 수영복) 차림으로, 어깨에 배트를 멘 채 끔찍하게 해괴한 모습으로 포즈를 취하고 있는 것을 갑자기 본다면.

"뭐, 뭐 하는 거예요, 구로다 선배님?"

부원들의 목소리가 갈라졌다.

개중에는 불청객인 우리에게, "뭐냐, 너희들. 여기서 뭐 하는 거야!"라고 위협하는 부원도 있었고.

안 그래도 운동부 남자애들에게 콤플렉스가 있는 우메하라는 눈물을 찔끔거렸고, 미술부원 이외의 사람과는 거의 접촉이 없는 아오키는 공포로 얼굴이 새하얗다.

놀라 소란을 피우는 후배들을 향해 구로다 선배가 엄숙하게 한마디 했다.

"예술을 위해서다."

과연, 전 주장. 그 한마디에 부원들이 잠잠해졌다.

하지만 물론 그 한마디로 부원들이 상황을 이해했을 리도 없다.

"어엉, 어떻게 된 일인가 하면요. 구로다 선배님한테 데생 모델을 부탁했더니……."

보충 설명을 하려는 나를 가로막고, "그렇게 된 거다. 네기시 세쓰코가 내 근육을 척 알아보더라고. 그래서 예술을 위해서라면 어쩔 수 없다, 힘껏 도와줘야지, 뭐 그렇게 된 거다." 하고 끼어드는 구로다 선배.

"참고로 말하면, 내가 맡은 건 '다비드'라고 하는데, 굉장히 멋진 캐릭터야."

꽤 자랑스러운 모양이었다.

그런 건 됐고.

이제 대충 상황을 이해했겠지. 그런 줄 알았는데, "뭐야, 초상화야!" "선배님의 초상화를 그린대." "이야, 어디 좀 보자." 왁자하게 떠들면서 두꺼운 종이에 클립으로 고정된 목탄지를 들여다보는 야구부원들.

아니, 전혀 이해하지 못하고 있잖아.

"저기 말이에요, 이건 초상화가 아니라 데생이에요. 데생이란 소묘 또는 드로잉이라고도 하는데 조형 표현 기법을 연마하기 위한 연습이며……."

"근데 왜 윤곽뿐이지?"

어, 내 말을 듣기나 한 거야? 이건 초상화가 아니라 데생이라고 했잖아. 데생은 완성하려면 시간이 엄청 걸린다고. 두 시간 갖고는 전체 구도를 결정하는 정도밖에 못한다니까.

"초상환데, 눈도 입도 없고."

아이 씨, 너희들 그 뇌는 근육이냐!

나도 모르게 그렇게 내뱉을 뻔했지만 동아리 방을 빌려 쓰는 처지, 꿀꺽 삼켰다.

"하지만 윤곽만 봐도 대충 선배님이라는 걸 알겠어."

"진짜! 이 불필요하게 마초적인 몸의 선, 구로다 선배님이 아니면 그 누구겠습니까."

그런가, 문외한도 내 실력을 알아보는 건가.

이게 다 동아리 방이 없는 역경에도 굴하지 않고 매일매일 정진한 덕분. '데생 괴물'이란 별명은 괜히 얻은 게 아니라고.

"봐, 이거. 선밖에 없는데 당장에라도 근육 같은 게 꿈틀거릴 것 같고, 이야, 대단하다."

그러나 주목받은 건 내가 아니라 아오키였다.

그렇잖아도 왜소한 아오키는 다부진 남자애들에게 둘러

싸이자 더욱 가냘프고 작아 보였다. 게다가 긴장한 나머지 창백해진 얼굴, 금방이라도 빈혈로 쓰러질 것 같은 가련함. 하지만 그가 그린 데생은 확실히 대단했다.

구도 단계에서도 데생의 기본인 각 부분의 비례, 다시 말해 프로포션이 흐트러짐 없었고, 구도도 완벽했다.

그러나 뭣보다 대단한 것은 아직 전체적인 형태만 잡았을 뿐인데도 아오키가 그린 선에서는 인체의 움직임이 느껴진다는 점이었다.

아오키의 인체 소묘에는 피부 속에도 근육과 뼈와 관절이 있고, 그것들이 이어져 인간의 몸이 움직인다는 것을 느끼게 하는 기운이 있었다.

정확하게 그리기 위해서는 노력하면 된다. 하지만 노력해도 안 되는 것이 있다.

"조형 표현에서 선은 가장 중요한 요소야. 그러니까, 데생을 보면 그린 사람의 재능이 어느 정도인지 알 수 있지."라고 요코야마 부장도 말했지만, 아오키에게는 재능이 있었다.

그걸 알아보다니, 문외한이라고 허투루 봐선 안 된다.

아니, 한순간이지만 '뇌도 근육'이라고 생각했던 내가 나빴다.

당사자인 구로다 선배도 흥미 있는 모습으로, "이거, 앞으로 얼마나 더 있으면 완성돼?"라며 아오키에게 물었지만, 한 곁같이 움츠리고 있는 아오키는 거의 아르마딜로 상태. 대답도 제대로 못했다.

"사람에 따라 다르지만 열 시간, 아니 그 이상 걸릴걸요."

대신 대답하는 나.

"그렇구나……."

구로다 선배가 그 굵은 눈썹을 모았다.

"데생이란 게, 꽤 손이 많이 가는구나."

그랬다. 모델을 맡아 준 데다 동아리 방까지 쓰게 해 주자 매우 기뻐서 그 점은 잊고 있었다.

구로다 선배는 좋은 사람이다. 하지만 아무리 사람이 좋아도 보충수업이며 학원 수업에 바쁜 3학년에게 그렇게 긴 시간을 우리를 위해 쪼개 달라고 부탁할 수는 없는 노릇이다.

하지만 구로다 선배는, "한 번 '한다'고 말한 이상, 끝까지 하는 게 내 소신이야." 하고 딱 잘라 말하고 나서 찡그린 눈살을 활짝 폈다.

"그러니까, 네기시 세쓰코와 그 친구들이 이걸 완성할 때까지 나는 함께하겠다."

그 말은, 혹시 내일도 동아리 방을 써도 좋다, 는 건가요?

"괜찮겠지? 어차피 연습 중에는 동아리 방, 안 쓰니까."

그렇게 말하고 야구부원들을 둘러보는 구로다 선배.

비록 삼각 수영 팬티에 배트를 둘러멘 해괴한 모습이지만 전 주장이 말하는 데에 이의를 제기할 사람은 없었다.

내 눈에는, 한순간 구로다 선배가 왠지 정말로 미켈란젤로의 다비드처럼 멋진 영웅으로 보였다……. 뭐, 아주 짧은 순간이었지만.

임시이긴 하나 미술부는 아틀리에를 얻었다.

악취 풍기고, 비좁고, 지저분한 아틀리에지만 이렇게 날씨도, 구경꾼의 눈도 신경 쓰지 않고, 교장이 개입할 걱정도 없이 예술의 시간에 푹 젖어 있을 수 있는 건 아주 오랜만이었다.

그게 다 구로다 선배 덕분이었다.

선뿐이었던 목탄지 위에 명암의 대비가 더해져 갔다.

대략적인 형태에 입체감이 보태짐에 따라 그리는 사람의 기량뿐 아니라 감정까지 드러나는 것이 데생이다.

호코가 그리는 구로다 선배의 얼굴은 어느 모로 보나 30퍼센트 이상 꽃미남 쪽으로 기울었다. 반대로 나는 철저하게 사실적이었다.

하지만 우메하라의 경우는 좋게 말하면 주관적. 정확히 말하면 〈북두신권(북두신권이란 권법을 사용하는 주인공이 등장하는 애니메이션-옮긴이)〉이었다.

뭐, 구로다 선배 본인은 성격이 소탈해서인지 자랑거리인 근육만 멋지게 그려 주면 세부를 과장해도 불만은 없는 모양이지만 다른 야구부원들은 깐깐한 비평가였다.

동아리 활동을 마치고 운동장에서 돌아오더니, "안 닮았어."라느니, "선배님, 너무 좋은 남자 같은데요."라느니, "여기, 가슴에 흉터 일곱 개만 있으면 영락없는 겐시로(〈북두신권〉의 주인공으로 근육질이다-옮긴이)인데."라며 가차 없이 코멘트를 날렸다.

그런 깐깐한 야구부 무리도 아오키의 데생 앞에서는 하나같이 침묵.

아오키의 기술과 감각에 압도당했는지 개중에는 "구로다 선배님 다음엔 나."라고 말하는 부원도 있고, 그 말을 들은 우메하라는 "남자 나체는 질색인데."라며 맥 빠진 모습이었지만 나체가 아니라도 모델만 해 준다면야 대환영이다.

하지만 현역 야구부원의 방과 후는 빡빡한 훈련 때문에 시간이 걸리는 데생은 어렵다. 그런 이유로 크로키 모델이 돼 주기로 했다.

단시간에 인체의 다양한 모습을 종이 위에 재빨리 표현해 가는 크로키라면 포즈를 취하는 시간도 몇 분, 길어도 20분 정도니까.

얼마 지나지 않아, 소문을 들은 다른 운동부에서 구경하러 왔다.

호코 말에 따르면, 테니스부에도 모델을 하고 싶어 하는 남자애가 있는 모양이었다.

이런 기세로 가면 야구부 다음은 테니스부 동아리 방, 이런 식으로 차례차례 동아리 방을 아틀리에로 삼을 수 있을지도 모른다.

파스텔 블루 하늘에 솜사탕 같은 구름이 두둥실 떠 있었다. 공기는 맑고 하늘은 높았다. 창밖의 쾌청한 10월 하늘을 올려다보며 수난의 연속이었던 미술부에도 겨우 희미한 햇살이 비치는구나 하고 생각하며 오랜만에 편안한 기분에 젖어 쉬는 시간을 보내고 있는 나를 현실로 되돌린 우울한 목소리.

"세쓰코. 잠깐."

나는 소리 나는 쪽으로 돌아보았다. 복도에서 멀대같이 큰 키에 깡마른 미술부 지도교사 모딜리아니가 손짓하고 있었다. 그가 걸친 구깃구깃한 흰 가운에는 지저분하게 얼룩덜룩 물감이 묻어 있었다.

참고로, '모딜리아니'란 미술부 선배들이 우타가와 선생님에게 붙인 별명. 기다란 목에 길쭉한 얼굴, 게다가 눈동자의 초점이 맞지 않아 어딜 보는지 알 수 없는 점이 모딜리아니가 그린 인물 같아서, 라는 게 이유였다.

"무슨 일이세요? 별일이네요, 선생님이 일부러 찾아오시고."

그렇다. 평소에는 부원들 따위 나 몰라라 하는 지도교사가 대체 무슨 일로?

"그게……, 아까 말이야……."

잠시 말을 더듬거리던 모딜리아니의 입에서 "교장 선생님께 호출당했는데……." 하고 불쑥 '교장'이라는 금지어가 튀어나왔다.

간만에 편안한 기분에 젖어 있었는데, 또 무슨 좋지 않은 일이 일어날 것 같은 예감이 들었다.

"지난번에, 너희들이 C동 4층을 바리케이드 봉쇄하고 동아리 방에서 농성했을 때 망가뜨린 책상하고 의자하고 문. 그 수리비를 청구해 왔어."

아, 역시 예감 적중.

"미술부의 연간 활동비를 반납하면, 그럭저럭 될 것 같았는데……."

그렇다. 작년 실적이 대단했던 덕분에 미술부는 올해 학교에서 꽤 많은 지원금을 받았다.
“근데 청구서를 봤더니 활동비를 반납하는 것만으로는 부족해서…….”
주변을 의식해서 소곤소곤 목소리를 떨어뜨리는 모딜리아니.
“그래서 모자라는 돈은 동아리 적립금으로 충당하고……, 뭐 그렇게 그럭저럭 수리비는 맞춰 놨는데. 하지만 그 때문에 미술부는 무일푼이 돼 버렸어.”
그렇게 말하고 힘없이 미소 짓는 모딜리아니. 아니, 그렇게 웃을 때가 아니잖아요.
전국 학생 예술전 최우수상을 수상한 요코야마 부장 이하 모든 선배들의 눈부신 활약 덕분에 예산 위원회에서 따낼 수 있었던 소중한 활동비. 그 선배들의 재능과 노력의 결과를 우리 때문에 몰수당하다니…….
아니, 그보다도.
“잠깐만요. 무일푼이란 말은, 혹시 11월 교내 축제 때 쓸 예산도 없다는 거예요?”
“아, 그렇게 되나.”
어쩜, 남일처럼.
“돈이 없으면 작품을 만들 수 없잖아요.”

"그래도 어쩔 수 없지, 망가뜨린 건 너희들이니까 말이야. 망가뜨렸으니까 변상해야지."

그렇게 따지고 든다면 반론의 여지는 없다.

하지만 미술부에게 축제는 영광스런 무대. 더구나 올해 축제는 특별하다.

교장의 뜻에 따라 축제는 올해부터 2년에 한 번씩 열리게 되었기 때문에 우리 2학년에게는 올해가 마지막 축제다.

"이제 어떡해요. '재밌다'고 놀림당하고, 구경거리로 전락한 우리 미술부의 진정한 힘을 전교에 보여 줄 수 있는 기회가 축젠데."

모딜리아니가 그린 연인 잔 에뷔테른의 초상화처럼 고개를 갸웃하며 근심 어린 표정을 짓는 모딜리아니 우타가와 선생님.

"뭐, 작품을 만들어 봐야 동아리 방이 없으면 전시할 장소도 없고 말이지. 그렇게 열심히 할 필요 없을 것 같은데."

알고는 있었지만 이 사람은 이런 인간이었다.

"예술의 목적은 궁극의 자유이기 때문에, 나는 미술부의 활동에 참견하지 않겠다."라며 이해심 많은 교사인 척 말하지만 그건 어디까지나 책임 회피일 뿐.

하지만 동아리 방을 빼앗기는 바람에 갈 곳을 잃은 아오키에게 미술부 교사실을 제공해 주었을 때는 조금 달라졌나 싶었는데, 이제 보니 아무것도 달라진 게 없다.

하긴, 우주에서 제일 미덥지 못한 모딜리아니에게 불평을 해 봐야 결론이 날 리 만무하다.

이 문제는, 어떻게든 스스로 해결할 수밖에.

희미하게 만리향 향내가 풍기는 안뜰 화단에 적자색 싸리꽃이 흐드러지게 피어 있다.

"그런 이유로, 중학교 마지막 축제가 진짜 최악이 돼 버린 거지."

화단가에 앉아 모딜리아니가 갖고 온 나쁜 소식을 전하는 내 옆에서, 도시락을 연 호코가 "아 진짜! 토마토는 넣지 말라고 그렇게 말했는데."라고 투덜거리면서 방울토마토를 젓가락 끝으로 콕콕 찔러 댔다.

사태 해결을 위해 우리는 부장과 부부장, 투톱 런치 미팅을 진행 중이다.

"이번 축제 때는 대중적이고 쿨한 오브제를 출품하려고 했는데."

방울토마토를 한쪽으로 밀어 놓으면서 호코가 말했다.

"오브제는 제작비가 드니까, 아쉽지만 포기할 수밖에 없나."

"아쉽다면서 왜 그렇게 쉽게 포기해."

아니, 오브제를 만들자고 밀어붙인 게 누군데.

"하지만 돈이 없잖아."

"난 싫어. 중학교 마지막 축제는 절대 포기할 수 없다고."

닭고기 동그랑땡을 한 입 베어 먹으며 단호하게 말했지만, 들었는지 못 들었는지 "그거, 맛있겠다."라며 내 달걀말이에 젓가락을 뻗는 호코.

호코보다 빨리 달걀말이를 입안에 집어넣은 나는, "지금 우리가 벼랑 끝에 있다는 걸, 자각하고 있는 거니?" 하고 최대한 진지한 목소리로 말했다.

"교장은 미술부를 시시껄렁한 패거리들의 아지트라고 단정 짓고 호시탐탐 뭉개 버리려고 노리고 있다고. 그러니까 우리 미술부는 예술 감각과 기술을 총동원해서, 그런 교장의 꿍꿍이를 날려 버릴 정도의 작품을 축제 때 발표해야 한단 말이야."

내 도시락을 부러운 듯이 바라보며 "그렇게 열 올리지 말고."라고 중얼거리는 호코.

"좀 더 현실적으로 생각하자고. 예술은 돈이 들어. 그 천재 레오나르도 다 빈치조차 여기저기 왕이나 큰 부자한테 자신을 어필하는 편지를 보내기도 하고, 후원자를 찾느라고 고생했잖아."

아니, 이 대목에서 왜 그런 거장의 이름이 나오는 건데.

"근데 중학생인 우리가 어떻게 후원자 따위 찾을 수 있다고 그래."

"누가 후원자 찾재?"

호코의 어리둥절한 눈.

"돈이 없으니까 어떻게든 우리 힘으로 마련해야 하잖아. 나는 지금, 단기간에 축제 때 필요한 비용을 마련하려면 어떻게 해야 할지, 그걸 상의하는 거라고."

"그런 거야?"

"그래."

"뭐야. 그럼 그렇다고 진즉 말하지. 난, 완전 스폰서를 찾는 얘긴가 싶었잖아……. 근데 우리 힘으로 돈 버는 게 더 힘들단 건 뻔하잖아. 중학생은 알바 못하니까."

투덜투덜하던 호코가 무슨 일인지 별안간 입을 다물었다.

한동안, 잠자코 주위로 시선을 날리던 호코. 뷰러를 쓰지 않아도 자연스레 위로 말려 올라간 자랑거리인 속눈썹을 깜빡깜빡하더니, "세쓰코, 너 말이야." 하고 중대한 비밀을 말하듯 목소리를 떨어뜨렸다.

"요즘, 왠지, 누가 몰래 보는 것 같은 느낌, 안 들어?"

그것과 지금 현재 우리가 안고 있는 절실한 문제 사이에 무슨 관계가 있나 싶었지만, 호코의 표정이 묘하게 진지한 탓에 나는 "아니, 딱히." 하고 고개를 저었다.

"난 요즘, 늘 누가 나를 보고 있는 것 같은 느낌이 들었거든. 그것도 꽤 가시 돋친 시선으로."

"늘 누군가 우리를 보는 건, 농성 사건 때문에 미술부가 유명해진 탓 아냐? 모르는 애들이 나한테 손가락질하는 거, 나도 많이 봐."

하지만 그건, 굳이 구분하자면, 재미있어하는 시선, 호기심 어린 시선이지 악의가 있다고는 느끼지 않았는데.

"나는, 세쓰코 너만큼 유명인이 아니잖아. 근데 요새 시선이 따가워. 봐."

그렇게 말하고 호코는 안뜰 구석의 만리향 나무 밑에 무리 지어 모여 있는 여자애들 그룹을 곁눈질했다.

"쟤들, 지금 후다닥 눈을 돌렸지만 아까부터 계속 우리를 보면서 뭐라고 소곤소곤했어. 그리고 저기 창문에서 계속 우리를 내려다보고 있는 여자애들도."

그쪽으로 얼굴을 돌리자 창문에서 사람 그림자가 휙 멀어졌다.

"정말이네."

"그치? 느낌 안 좋지?"

"응. 뭔가, 불온한 게 느껴져."

"불온, 하다기보다도……, 내 생각에 저건, 질투의 시선이야."

"질투?"

호코의 말에 따르면, 저 가시 돋친 시선은 우리가 야구부 동아리 방에 드나드는 것이 원인이 아닐까 라는 거였다.

"모델을 해 주는 것뿐인데?"

"야구부는 여자애들한테 인기 많은 거 알지? 우리가 부원들하고 친하게 지내는 게 싫은 거 아닐까?"

누가 친하게 지낸다고 그래? 아니, 야구부 부원들은(좋은 사람들이라고는 생각하지만) 내 취향도 아니고.

내 취향은 더 차분한 타입. 거기에 더 보태자면 미적 감각이 있고, 지적이고 세련된(예를 들자면, 요코야마 부장 같은) 사람이다.

그러니까, 호코의 말이 사실이라면 말도 안 되는 착각인 거다. 성가신 것도 정도가 있지.

"그래서 그거랑 돈 버는 거랑 무슨 상관있는데?"

"아니, 딱히 상관이 있는 건 아니지만."

"그럼, 그런 애들은 신경 끄고, 당장 중요한 돈 얘기를……."

이야기하는 사이에 만리향 밑에서 소곤거리던 여자애들이 별안간 행동에 나섰다.

"자, 잠깐, 저기."

"윽! 왜 이쪽으로 오는 거야."

말하는 사이, 순식간에 여자애들 다섯 명에게 둘러싸인 나와 호코.

"너희들, 미술부지?"

머리칼 색깔이 염색을 한 건지 안 한 건지 아슬아슬하게 그레이존인, 어중간하게 갸루스러운 애가 우리를 째려봤다.

"너희들이 야구부원들 초상화를 그린다고 들었는데, 진짜니?"

위협하는 듯한 그 눈이 꽤 무서웠다.

"초상화가 아니라 데생이야."라고 되받아치고 싶었지만 그 박력에 나도 모르게 고개를 옆으로 흔들어 버린 나.

어중간한 갸루 옆의, 교복 치마 길이가 복장 검사에서 아슬아슬하게 걸릴 것 같은 여자애가 진지한 표정으로 따지고 들었다.

"그럼, 구로다 기요타카 선배님의 나체를 그렸다는 것도 진짜야?"

여, 역시, 그것 때문인가.

"아니, 호코라면 모를까 난 너희가 생각하는 것 같은 사심은 없어. 순수하게 예술적 탐구심이니까."라고 변명할 여유도 없이 그들과 우리의 간격이 바짝 좁혀졌다.

호, 혹시, "잠깐 할 얘기가 있다."라며 이대로 체육관 뒤 같은 으슥한 곳으로 끌려가는 건가?

아니지, 그럼 난감해진다. 나는 워낙이 힘 못 쓰는 문과 체질이다. 솔직히 말해 싸우는 건 좋아하지 않는다. 아니, 5대 2로는 싸움은 고사하고 일방적으로 당하겠지.

이런 상황에선 도망치는 수밖에…… 아니, 불가능하다. 이렇게 빈틈없이 에워싸여 있으니 도망칠 판국이 아니다. 어쩌지. 이럴 땐 어떻게 대처하면 좋으냐고. 아니, 싸울 근성도 힘도 없는 사람으로서는 말로 오해를 풀 수밖에 없겠지.

해명할 말을 찾아 뇌의 연산 기능이 고속 회전. 하지만 적당한 말이 떠오르지 않아 고심하던 바로 그때, "그거, 주지 않을래?" 미니스커트가 말했다.

"복사한 거라도 좋아."

뭐어?

"물론 돈은 낼게."

예상 밖의 전개에 어떻게 반응해야 좋을지 판단이 서지 않았다.

잠자코 있는 우리를 보고 어중간 갸루가 짜증스럽게 말했다.

"한 장에 얼마? 백 엔? 이백 엔? 설마 천 엔이나 바가지 씌우지는 않겠지."

구체적인 금액이 나왔을 때에야 겨우 상황이 파악됐다.

"상관, 있었네."

호코가 내 귀에 속삭였다.

그날 방과 후.

집합 장소인 자재실 문 앞에서 열린 긴급회의.

“예?”

우메하라가 되물었다.

되묻지 마. 나도 이런 거, 몇 번씩 설명하고 싶지 않거든.

하지만 이것도 축제를 위한 것.

11월 말 축제까지는 앞으로 두 달도 안 남았다. 알바 금지인 중학생이 손쉽게 돈을 벌기 위해서는, 지금으로선 이 방법밖에 없다.

“우메하라 너도, 축제 때 하고 싶은 게 있잖아? 대단한 작품을 출품해서, 모두가 ‘대단해’라고 칭찬하는 소리 듣고 싶지? 하지만 아크릴물감 하나 살 돈도 없는데 어떻게 대단한 것을 만들어?”

말귀를 못 알아듣는 유치원생을 설득하듯 애써 부드러운 목소리를 내는 나.

"이런 상황에서, 구로다 선배의 초상화 복사한 걸 한 장당 이백 엔에 팔라는데, 이런 좋은 기회가 또 어딨어."

"하지만."

우메하라가 싫은 듯이 고개를 흔들었다.

"그건 데생이라고요. 초상화 따위도 아니고, 더구나 팔 수 있는 건……."

"초상화가 안 된다면 브로마이드."

"그런 건, 예술이 아니……."

아픈 곳을 찔려 말문이 막힌 나를 호코가 히죽히죽 웃으며 보고 있다.

뭐냐, 그 노골적으로 재미있어 하는 얼굴은. 우씌, 열 받아. 그보다 이 몸이, 우메하라 같은 애한테 추궁당하고 그대로 있으면 부장 체통이 안 서지.

"네네, 알겠습니다. 예술이면 되는 거죠, 예술이면."

나는 과격한 반격으로 돌아섰다.

"그렇다면, 우키요에(일본 에도시대에 서민 계층을 기반으로 발달한 풍속화-옮긴이)는? 우타마로(우키요에를 그린 화가-옮긴이)의 미인화나 가부키 배우의 얼굴을 클로즈업한 샤라쿠(우키요에를 그린 화가-옮긴이)의 오쿠비에(가부키 배우의 초상화-옮긴이)는? 그건, 요즘으로 치면 아이돌의 브로마이드잖아. 유명한 미인이나 배우의 초상화를 대량생산해서 팔았다고. 그런 우키요에가 지금은 일본이 세계에 자랑하는 예술이야."

속사포처럼 퍼부어 대는 내 말에 기죽은 우메하라.

"너도, 전에 네 입으로 말했잖아. 만화나 애니메이션이나 게임 같은 일본의 대중 예술을 얕보면 안 된다고. 세계에서 통하는 예술이라고. 그거랑 뭐가 다르지? 우키요에는 에도 시대의 대중 예술이잖아."

나 자신도 무슨 말을 하는지 종잡을 수 없었다. 하지만 우메하라 같은 자식을 납득시키려면 오타쿠가 집착하는 걸 자극하면 된다는 것쯤은 알고 있었다.

"그리고 이게 가장 중요한 건데, 우리가 파는 건 단순한 물건이 아니라는 사실. 여자애들이 돈하고 바꿔 얻는 건 동경과 꿈이야. 결국, 우리는 여자애들한테 꿈을 주는 셈이지."

작은 눈을 껌뻑껌뻑 껌뻑이는 우메하라에게 나는 결정타를 날렸다.

"꿈을 주는 거야말로 아티스트의 사명이라고 생각하지 않아?"

"꿈……이요?"

오타쿠의 마음을 움직이는 건 간단하다.

그럼. 또 한 사람, 마음을 움직여 놔야 할 남자애.

"아오키, 넌 어떻게 생각해?"라고 묻자 내 열정적인 연설에 감동했는지(아니면 하도 구려서 낯간지러운 건지), 아까부터 고개를 수그린 채 눈을 맞추려고 하지 않았다.

하지만 이렇게까지 말해 놨으니 구리든 어떻든 이제 이걸로 구워삶을 수밖에 없다.

"너의 기술을 활용하면 여자의 마음을 꽉 움켜쥘 우키요에……, 아니지, 여자애들을 행복하게 할 초상화를 제공할 수 있다고 보는데, 틀림없이."

아오키가 눈을 칩떠 흘끔 이쪽을 보았다. 미묘한 반응이지만 평소 생체반응이 거의 없는 아오키의 경우는 이걸 소극적인 찬성의 의미라고 해석해도 될 것이다.

돌아가는 상황을 지켜보던 호코가, 수고했어, 라는 듯 내 어깨를 두드렸다.

"그럼, 이 기획은 승인된 거고, 뒷일은 이 몸이 맡지."

왠지 잘난 척하며 가슴을 펴는 호코.

"각 운동부를 대표하는 꽃미남들의 초상화는 대히트 칠 게 확실해. 이 기획, 반드시 돈이 될 거야."

얘는, 또 그런 노골적인 말을. 내가 힘들여 '예술가의 사명'이란 아름다운 언어로 간신히 마음을 움직여 놨는데.

"당장 일하러 갔다 올게."라며 힘이 넘쳐 뛰어가는 호코의 뒷모습을 복잡한 표정으로 지켜보며, "일이란 게, 뭔데요?" 라고 묻는 우메하라.

"영업."이라고 대답하는 나.

"초상화 주문 받으러 간 거 아닐까? 호코는 그런 데 재주 있으니까."

말하면서 좀 석연치 않은 느낌이었다.

왜냐하면 호코는 구로다 선배를 좋아하기 때문에 나댄다고 생각했으니까.

구로다 선배에게 특별한 감정이 없는 나도 그런 좋은 사람을 이용하는 게 심히 마음이 찔리는데. 아무리 오브제를 위해서라지만 좋아하는 사람의 알몸이나 다름없는 그림을 저렇게 신 나는 듯 팔러 다녀도 되나. 그런 나의 걱정에도 아랑곳없이 호코는 잇따라 주문을 받아 왔다.

호코는 영업의 달인이었다.

"오늘 세쓰코가 할 일은, 축구부의 에이스 스트라이커 기타가와의 오쿠비에야."

오쿠비에라니……, 적어도 초상화라고 말해. 아니 그보다.

"그 기타가와가 용케도 모델을 수락했네."

“일단, 모델료 천 엔에 말을 끝냈어.”

그, 그랬구나.

“자금도 들어가고 하니까, 기타가와 팬들의 구매 의욕을 자극할 만한 걸로 부탁해. 단, 너무 리얼하게 그리지 말 것.”

“어, 왜?”

“여자애들한테는 가벼운 터치로 그리는 게 먹히거든.”

“정확함이 내 특기인데.”

“그건 아는데, 일이라 생각하고 제꺼덕 해치워 버려.”

척척 일을 처리해 나가는 호코는 영락없는 매니저였다.

“아오키는 육상부 구니요시 선배의 크로키야. 본인한테는 오늘부터 사흘 동안, 방과 후 20분이란 조건으로 허락받아 놨어. 뭐어, 무서워? 혼자선 육상부 동아리 방에 못 간다고? 할 수 없지. 그럼, 우메하라, 네가 함께 가 줘.”

“그럼, 저는 누굴 그리면…….”

“그렇지, 구니요시 선배는 인기가 많으니까, 만화 버전도 만들어 볼까. 아오키의 크로키하고 우메하라의 만화 터치 다섯 장씩 세트면 칠백 엔은 장담해.”

호코는 예술가라기보다 아트 디렉터 쪽이 맞을 거다, 단연코.

게다가.

호코는 신상품 개발에도 의욕을 보였다.

"알고 있었어? 에도시대의 우키요에가 폭발적으로 히트를 친 건, 다색인쇄 기술이 확립돼서 호화찬란한 컬러판이 등장했기 때문이래."

어디에서 주워들었는지 그런 정보를 내세워 콩테와 연필만 사용하는 단색보다 컬러 쪽이 먹힐 거다, 컬러 복사비를 빼고도 돈벌이가 더 쏠쏠할 거라고 주장.

그러나 "검은 콩테에 파스텔로 색을 입힐 순 없어?"라고 주장하는 호코에게, "데생이나 크로키는 선이 생명이야. 자칫 색을 잘못 입히면 선이 망가져 버릴 수도 있잖아.", "아니, 이렇게 바쁠 때, 일일이 색 칠할 여유 없어요. 아오키, 너도 그렇게 생각하지. 안 그래?", "……." 반대 의견이 속출하자 호코는 다음 날 새로운 기획을 생각해 왔다.

"우메하라, 컴퓨터 할 줄 알던가?"

"할 줄 아는데요."

"사진하고 그림, 합성할 줄 알아?"

"뭐, 일단은."

"그럼, 디카를 빌려 올 테니까 운동장이나 학교 건물이나 안뜰 같은 데, 어느 모로 봐도 학교 같은 느낌이 나는 사진을 찍어 와."

“예에?”

“찍은 사진에 색을 입혀서, 인물 배경으로 쓰는 거야. 그거면 컬러라도 손이 덜 갈 거고. 또 ‘당신이 좋아하는 배경을 고를 수 있습니다’라는 특전이 붙으면 점점 주문이 늘 것 같거든.”

호코에게는 장사 수완도 있었다.

“너, 꼭 쓰타야 주자부로 같다.”

호코의 눈이 유리구슬처럼 동그래졌다.

“쓰타야? 그게, 뭐야. 렌탈숍?”

“아냐. 쓰타야는 에도시대의 출판업자야. 우키요에와 교카(풍자와 익살을 주로 한 단가-옮긴이) 그림책을 출판했던 사람.”

출판과 관련된 사람이란 걸 알고는 갑자기 흥미가 동한 듯한 호코.

그런데 당시의 발행처는 출판사와 서점 양쪽을 겸하고 있어서 자신이 기획한 니시키에(목판으로 인쇄한 아름다운 풍속화-옮긴이)와 책을 자신의 가게에서 팔았다는 것과, 쓰타야가 판매하는 상품은 새로운 감각과 기발함 덕분에 가게는 손님들로 북새통을 이뤘다는 것이며, 어쨌든 쓰타야 주자부로는 그 우타마로와 샤라쿠의 그림을 판매한 발행처였다는 따위의 지식을 나는 호코에게 얘기해 줬다.

"그 사람, 왠지 벤처기업 사장 같은데."

호코는 썩 싫지 않은 눈치였다.

"응. 에도의 유행을 이끌었던 유명인이 아니었을까. 하지만 수완가인 쓰타야도 간세이 개혁(에도시대에 행해진 일련의 보수적인 조치-옮긴이)……."

이렇게 계속하려는 나를 가로막고, "이제부터 나를 쓰타야라고 불러."라며 호코는 의욕 충만.

의욕이 있다는 건 좋은 거다.

실제로 그림 장사는 순조로웠다. 이대로 가면 축제 예산으로 생각했던 액수를 애초 예상보다 빨리 달성할 수 있을지도 모른다.

하지만, 호사다마.

월요일 아침은, 빛이라곤 찾아볼 수 없을 정도로 하늘이 잔뜩 찌푸려 있었다.

높은 곳에 위치한 체육관 창문으로 보이는 하늘은 완전히 잿빛.

안 그래도 연휴 다음 날이라 머리가 멍한데 이른 아침부터 시작된 전교생 조회 때문에 몸이 더 피곤했다.

전교생을 집어넣은 체육관 공기는 무겁고 눅눅했고, 교장의 말은 죽죽 늘어지고, 모두들 어지간히 축축 늘어져 있는데 단상에서 이야기하는 교장 혼자만 이른 아침부터 이상하게 들떠 있는 까닭은 일제 학력고사가 가까워졌기 때문.

"방과 후 보충수업은 중점적으로 시험 대비를 하니까 모두들 빠지지 말고 출석하도록." 하고 못 박은 뒤에, "다가오는 학력고사에서는 전 과목 평균을 올리는 것을 목표로 합시다."라고 부추겼다.

교장이 성적 향상에 기를 쓰게 된 까닭은, 학군이 폐지되어 공립 중학교도 선택받아야 하는 시대가 됐기 때문이다.

실제로 학업이 부진하다거나 불량 학생이 많다거나 하는 평판 때문에 신입생이 급격히 감소한 중학교도 있는 모양이었다. 때문에 선택받기 위해서는 공부는 물론 평소 생활 태도며 동아리 활동도 다른 학교보다 빼어나게 우수하지 않으면 안 된다고, 교장은 말한다.

"올 여름에, 야구부는 지역 대회에서 준우승을 거둬 우리 학교의 이름을 높여 줬어요. 이번 달은, 농구부 지역 예선과 취주악부가 콩쿠르를 앞두고 있습니다. 우리 학교의 평가가 더욱 높아질 만한 결과를 기대하겠어요."

남보다 갑절이나 평판에 신경 쓰는 교장에게는, 동아리란 단지 학교의 이름을 높이기 위해 존재할 뿐이겠지.

"그런가 싶으면, 동아리 중에는 실적도 없고, 부원도 적고, 도무지 뭘 하는지 알 수 없는 곳도 있는 것 같단 말이에요"

아, 왠지 상황이 심상치 않게 돌아가는 분위기.

"동아리가 존재하는 필요 최소 조건은 부원입니다."

뭐, 여기까지는 들어줄 만했지만.

"눈에 보이는 실적이 없으면 사람도 모이지 않아요. 부원이 적다는 것은, 그 동아리에 대한 평가가 낮다는 뜻이에요."

그게 뭔 소리? 우리 동아리를 비아냥거리는 말?

아니, 그보다 동아리에까지 '선별'이며 '평가' 같은 잣대를 들이댈 꿍꿍이?

동아리란, 스포츠든 음악이든 과학이든, 뭐든 그것을 좋아하는 아이들이 모여서 하고 싶은 것을 하는 곳이잖아. 부원의 숫자 따위 상관없다고 생각하는데.

하지만 교장은 다시, 동아리는 고등학교 입시에 중요한 요소인 학생부에도 기록될 거라고, 은근히 동아리 활동을 하지 않는 학생들을 압박하고는 부드럽게 말했다.

"고등학교 시험을 앞둔 3학년은 어쩔 수 없다 해도, 2학년과 특히 1학년 중 동아리 활동에 참여하지 않는 학생이 있다면 지금부터라도 늦지 않았으니 전원 어떤 동아리든 들어가도록 합시다."

말투는 부드러웠지만 순전히 강요였다.

당연히, "헐!"이라든가 "그게 무슨 말이야."라며 학생들이 웅성거리기 시작했다.

교장은 그런 반응을 무시하고 한층 목소리를 높였다.

"그런 까닭으로, 오늘부터 일주일 동안을 동아리 가입 강화 기간으로 정하겠어요."

놀라움과 불만, 그리고 체념이 뒤섞인 웅성거림이 체육관에 물결처럼 퍼져 나갔다.

하필 이럴 때 왜, 그런 폭탄 발언을……. 아니, 그보다 동아리란 게 "들어가!"라고 강요한다고 들어갈 수 있는 게 아니잖아.

"또한, 강화 기간이 끝나도 부원이 다섯 명이 안 되는 동아리에 대해서는 동아리로서 존재할 가치가 없기 때문에 퇴출을 생각하고 있습니다."

순간, 현기증이 일 것 같았다.

"부원이 다섯 명 이상 되지 않으면 동아리로서 인정할 수 없다."니, 그 말은 노골적으로 우리를 표적으로 삼고 있는 게 아닌가.

단상에 선 교장의 표정이 어떤지는 알 수 없지만, 그 안경 속 가느다란 눈이 겨냥하는 건 미술부. 학교에서 부원이 가장 적은 동아리라면, 당연히 네 명뿐인 미술부니까.

교장이 이만큼 에둘러 이런저런 말을 늘어놓는 그 진의는 바로 '미술부 죽이기'였다.

교장에게 미술부는 눈엣가시 같은 존재. 호시탐탐 씨를 말리고 싶어 한다는 걸 상상하기란 어렵지 않다. 교장은 자신에게 반항하는 학생들이 아주 질색이니까.

하지만 이유도 없이 다짜고짜 없애려 드는 것은 역시 졸

렬한 짓이다.

동아리 강화 주간은 '미술부 죽이기'를 위한 복선이었다.

더구나 교장은 아무도 미술부에 가입하지 않을 것을 확신하고 있는 것 같았다.

분하지만 그 확신은 틀리지 않다.

내 입으로 말하는 것도 뭣하지만, 우리 학교 학생들이 생각하는 미술부는 '이상한 패거리들의 아지트' 정도에 지나지 않으니까.

더구나 요즘에는 그 농성 소동 탓에, 이상한 데다 좀 위험한 패거리라는 꼬리표까지 붙고 말았다.

구로다 선배나 우에다의 '재미있다'는 말에는 그나마 호의적인 뉘앙스가 남아 있지만, 내심은 '보기에는 재미있지만 절대 엮이고 싶지는 않'은 거다.

그런 동아리에 들어오려는 기특한 애가 어디에 있을까.

하지만 물론 우리도 그냥 손 놓고 있었던 건 아니다.

축제를 위한 자금 마련도 순조롭게 돼 가고 있는데, 정작 중요한 부서 자체가 없어진다면 아무짝에도 소용없으니까.

분담해서 한다 해도 '재섮는(이란 말을 듣는)' 우메하라가 '권유'한다면 도망칠 게 뻔할 거고, 의사소통이 불가능한 아오키에게는 '권유'한다는 자체가 얼토당토않은 일이다. 때문에, 나와 호코가 동아리에 들지 않은 듯한 1학년을 발견하고는 "미술부, 어때?"라고 권해 보고는 있지만 썩 흡족한 대답은 돌아오지 않았다, 아니 대답은 고사하고 말을 건네기만 해도 슬슬 뒷걸음질 쳐 버렸다.

당연하지, 이만큼 교장에게 눈엣가시 취급당하는 동아리 따위에 누가 들어오고 싶겠는가.

하지만.

강화 주간도 거의 끝나 갈 즈음, 이대로 끝인가 싶어 절망에 빠져 있을 때, 고문인 모딜리아니가 "1학년이 가입 신청하러 왔는데." 하고 가입 신청서를 들고 왔다.

믿을 수 없었다. 기특한 애가, 그것도 제 발로 찾아오다니.

하지만 모딜리아니는 "그런데 말이지……." 하고 왠지 의미심장한 말투로, '1학년 5반 구사마 사쓰키'라고 이름이 적힌 종이를 내 앞에서 팔락거렸다.

"이 아이, 괜찮을까 몰라."

뭐야, 그 걱정스런 표정은.

그 구사마 사쓰키라는 1학년이 어떤 앤지는 모르지만 '부원 다섯 명 이하면 퇴출'이라는 벼랑 끝에 서 있는데, 일단은 그게 누구든 들어와 준다니 구세주가 아닌가.

방과 후. 동아리 방 대용으로 쓰는 자재실 앞에 나타난 1학년을 봤을 때, 나는 모딜리아니의 근심 어린 표정의 의미를 깨달았다.

'구사마 사쓰키'는 올해 입학식 때, 멋대로 개조한 교복을 입고 와서 입장을 저지당한 사건으로 단번에 유명해진 바로 그 1학년 여자애였다.

그리고 개조한 교복을 실제로 봤다는 같은 반 아이의 말에 따르면, 스커트 길이가 짧거나 하는 간단한 문제가 아니었던 모양이다.

"디자인이 완전 다른 옷이었어."

그런 캐릭터여서 교문 앞에서 실시하는 아침 불시 검사 때마다 반드시 걸렸다.

걸리는 것도 당연하다, 그렇게 튀게 하고 다니니까.

반짝이 인조 손톱을 붙이고 오질 않나, 요란한 무늬가 박힌 양말을 신고 오질 않나. 그런 데다 교복 깃에 핀 배지를 잔뜩 달고 오기도 하고, 지정된 흰 셔츠 대신 너풀너풀한 레이스 블라우스를 입고 오기도 했다.

언젠가 머리칼을 핑크색으로 염색하고 왔을 때는 온 학교가 들썩들썩했다. 기절하기 일보 직전의 생활지도 교사가 교실에 들어가려던 구사마 사쓰키를 교무실로 끌고 가, 그

자리에서 검은색 컬러 스프레이를 머리에 뿌린 적도 있었다.

그 애는 두발 검사나 복장 검사에서 지적당하는 범위를 가뿐하게 뛰어넘고 있었다.

그 구사마 사쓰키는 생활지도 교사에게는 골치 아픈 문제아일 테지만, 딱히 불량한 점은 없었다. 단지, 유난히 멋 내는 데 집착할 뿐인 듯했다.

하지만 옆에서 보기에는 개성적이라고 해야 하나, 정확하게 말하면 심하게 튀었다.

동아리 방 대용인 자재실 앞에 나타난 구사마 사쓰키.

가까이서 본 이 1학년은 역시나 튀었다.

1학기 동안 생활지도 교사와의 공방전을 통해 학습이 됐는지, 요즘의 구사마 사쓰키는 "교칙 위반과 정반대로 나가면 불만 없겠지."로 방향을 튼 모양이었다.

그러니까, 미니스커트가 안 된다면 반대로 치렁치렁하게 길게 입겠다, 는 노선을 택한 거였다. 긴 머리가 안 된다면 아주 짧게. 단, 앞머리를 이마 위로 깡똥하게 자르는 과격한 커트로 자기주장하는 것을 잊지 않았다.

교복도 얼핏 보기에 문제는 없어 보이지만, 실은 재킷 안

감에 비즈 자수가 놓여 있기도 했다. 학교에서 지정한 책가방을 열면, 안은 라메(금실, 은실 따위의 금속 실과 면사, 인견사 따위를 섞어 짠 직물-옮긴이)로 코팅되어 있거나, 양말은 색상은 흰색이지만 자세히 보면 소재는 축축 처지는 실크 양말이거나.

그건 마치, 에도시대는 간세이 개혁으로 화려하고 아름답게 꾸미는 걸 금지당한 유복한 장사치들이 "그렇다면 보이지 않는 곳에서 사치해 주지."라며 옷 안감 등에 공을 들였던 것과 같았다.

보통 중학생이라면 생각도 못할 그런 패션을 그 나름으로 소화하는 것은 자신의 감각이 최고라는 자신(이랄까, 신념?)이 뒷받침된 당당한 태도와 날씬한 체형 덕분일 것이다.

"또……, 별난 물건이 들어왔구나."

호코는 얼굴을 찡그렸지만, "뭐, 개성적인 건 예술가에게는 중요한 자질이지." 나는 스스로에게 들려주듯 중얼거렸다.

어쨌거나. 이 애 덕분에 퇴출 위기는 모면하게 됐다. 하고 다니는 게 다소 이상해도 구세주임에는 틀림없었다.

그러나 그 구세주는 다루기 버거운 애였다.

"난 부장인 네기시 세쓰코. 그리고 이쪽이 부부장 가노 호코. 그리고 1학년 우메하라하고 아오키."

특별히 최대한 웃는 얼굴로 부원을 소개해도 구사마 사쓰키는 말없이 고개만 살짝 까딱할 뿐.

그래도 나는 붙임성 있게 이런 장면에서 빼놓을 수 없는 멘트를 날렸다. 어떻게 미술부에 들어올 생각을 했느냐고.

"당연하지, 담임이랑 생활지도 선생이, 어디든 들어가라고 귀찮게 굴잖아."

그렇게 돌아온 대답에 내 웃음 띤 얼굴은 공중분해되고 말았다.

우리는 운동부 동아리도 아니고, 아무리 상하 관계가 느슨하다지만, 뭐야, 그 반말은.

하지만 허둥지둥 웃음 조각을 주워 모아 입가에 착 붙인 건, 귀하신 가입 희망자를 놓치고 싶지 않았기 때문이다.

"그, 그래도……. 일단 미술부를 선택한 거니까, 어쨌거나, 초등학생 때 미술을 잘했다던가, 좋아하는 화가가 있다던가, 나름의 이유가 있는 거지?"

"딱히 뭐." 하고 구사마 사쓰키는 따분하다는 듯 대꾸했다.

"동아리 같은 시답잖은 걸 꼭 해야 한다면, 가장 편한 데가 좋다고 생각했을 뿐이야."

편하단 게 뭔 말이야, 편하단 게.

"듣자 하니까, 미술부는 동아리 방도 없다고 하고. 그런 동아리라면 대단한 건 하지 않을 거 아냐."

역시나 욱하고 치밀어 올랐지만, '다섯 번째 부원, 다섯 번째 부원' 하고 주문을 외우고, "말을 아주 솔직하게 하는구나." 하고 온화하게, 그러나 부장으로서 위엄이 서린 목소리로 유감의 뜻을 표했다.

"사쓰키, 거짓말, 못 하니까."

다 틀렸다. 폭발하기 일보 직전이다.

하지만 나에게는 이성이 있다. 여기서 폭발해서 구세주가 도망칠 법한 실수는 하지 않겠다.

심호흡을 하여 뇌에 산소를 보내고, "저기 말이야. 동아리 방 같은 거 없어도 할 마음만 있으면, 뭐든지 할 수 있어."라고 애써 어른스런 태도로 대응했다.

"하지만 갑자기 자신이 하고 싶은 걸 알 순 없을 거고, 미술부에서 이것저것 해 보면서 흥미 있는 걸 찾으면 좋을 것 같은데."

그러자 "미안하지만, 내가 하고 싶은 건 이미 찾았어." 조금 전까지의, 귀찮아 죽겠던 말투에서 돌변. "사쓰키는 말이야, 아름다운 것을 좋아해. 아름다운 것을 추구하고 있다고." 그렇게 딱 잘라 말했다.

그, 그렇구나, 추구하고 있구나.

그러나 그 아름다움의 기준은 꽤 치우쳐 있었다.

"사쓰키가 말하는 건 패션인 것 같은데……."

나는 이 시건방진 신입 부원의 심기를 건드리지 않도록, 말을 골라 가면서 했다.

"패션도 예술이잖아. 패션과 미술은 거의 친척이나 다름없으니까 감각을 키우기 위해서라도 그림을 그려 보거나, 입체를 만들어 보는 건 좋은 자극이 될 거 같은데."

하지만 내가 이렇게 조심조심 말하는데, "그러니까, 아까부터 말하고 있잖아." 돌아온 건 왕짜증.

"사쓰키, 공작 같은 거 할 생각, 눈곱만큼도 없어, 그림 같은 거 그릴 마음도 없고."

뭐? 그림을 그리지 않겠다고?

갑자기 뇌의 안전장치가 풀어져 엉겁결에 째려보고 말았다.

"뭐어?"

강요받았다곤 해도 스스로 미술부를 선택하고도 그림을 그리지 않겠다니, 그게 무슨 말이냐고.

"세, 세쓰코, 진정해."

호코가 양쪽 어깨를 잡는 바람에 정신이 돌아왔다.

구사마 사쓰키가 몸을 뒤로 뺐다.

위험해. 이성은 어디에 갔던 거야. 구세주를 주눅 들게 해서 어쩌려고, 네기시 세쓰코.

"아, 아무튼……, 동아리니까……, 그 말은, 그러니까, 뭔가 활동을 해야……. 아, 하지만, 물론, 사쓰키가 좋아하는 거 하면 돼. 예술은 자유로운 거니까, 뭘 해도 좋아. 사쓰키가, 지금, 제일 하고 싶은 걸."

잠깐 사이, 의심 가득한 눈동자로 내 모습을 살피던 구사마 사쓰키는, "굳이 말한다면, 메이크업?" 하고 반의문형으로 어미를 올렸다.

메이크업이란, 혹시, 화장을 말하는 건가.

메이크업 아티스트란 말이 있을 정도니 메이크업도 예술의 하나이긴 할 테지만…….

아무래도 호코 말대로, 별난 물건이 들어와 버린 것 같다.

그렇다면, 미술부는 별난 인간의 집합소인가.

구사마 사쓰키가 들어온 지 일주일.

좋아하는 걸 해도 된다고 말해 놓고, 이제 와서 불평할 순 없지만 이 신입 부원은 정말로 하고 싶은 대로 했다.

동아리에 들어온 다음 날. 거대한 메이크업 상자를 학교에 가져온(대체 어떻게 생활지도 교사의 눈을 피했을까) 구사마 사쓰키는 그걸 둘 장소로 미술부 창고인 자재실을 확보하자, 방과 후에는 거의 사람이 드나들지 않는 C동 4층 끝에 있는 화장실 거울을 화장대 삼아 즉시 동아리 활동을 개시했다.

물감과 붓과 콩테와 파스텔과 오일 대신 메이크업 상자 속 알록달록한 화장품. 그리고 캔버스 대신 자신의 얼굴.

그러나 메이크업이라지만 그건 일반적인 메이크업이 아니었다(하긴, 중학생이 화장한다는 것 자체가 우선 일반적인 건 아니지만).

눈동자는 컬러 렌즈로 금색. 속눈썹은 한없이 길다(더구나,

아래 눈썹은 붙였다). 피콕블루 아이라인 주위에 덕지덕지 바른 반짝이 때문에 눈 주위는 온갖 빛깔의 네온등을 단 것처럼 반짝반짝 빛났다. 무슨 주술인지, 볼에 문양을 그렸다. 립스틱은 입술 밖으로 불거져 나올 기세이고.

마치 샤먼의 의례용 메이크업이나 가부키의 무대화장 같았다.

그런 까닭에, 종이와 캔버스에 그림을 그리지 않고 자신의 얼굴에 색을 칠하거나 문양을 그리는 구사마 사쓰키는 미술부원이라기보다 '미용부원'이었다.

그래도 되나, 그래도.

축제 자금 마련을 위해 부원들 모두가 초상화 그리기에 분주한데, 1학년 신입 부원이 자기 혼자만 멋대로 해도.

교사를 붉게 물들이며 해가 지고 있었다.

옥상에서 들리던 합창부의 노랫소리가 어느 결에 사라졌다. 운동장에 흩어져 있던 축구부의 하얀 유니폼이 황혼에 섞여 들었다. 야구부원들도 운동장에서 돌아왔다.

우리 미술부도 야구부 동아리 방을 나올 시간이었다.

이젤과 보드를 메고 자재실로 돌아가는 길에, "우린 하루도 빠짐없이 이렇게 바쁘게 일하는데, 왜……." 하고 우메하라가 빵빵한 볼 사이로 입술을 빼물었다.

평소에는 감정을 읽기 어려운 그 얼굴이 확실히 짜증스런 감정을 드러내고 있었다.

자신의 영역이 침범당하지 않는 한 타인의 행동에 대해서는 이러쿵저러쿵 불평하지 않는 우메하라지만, 계속 인물 소묘만(그것도 모델은 전부 남자) 하다 보니 스트레스가 쌓였는지도 모른다.

"왜, 걔만 저런 거 하고 있냐고요?"

우메하라는 구사마 사쓰키가 싫었던 거다.

둘은 처음부터 궁합이 맞지 않았지만 대놓고 "구려!"라는 말을 듣고부터 우메하라는 구사마 사쓰키를 점점 싫어했다.

"대체, 무슨 근거로 저렇게 잘난 척이래."

우메하라, 나도 너의 의견 하나하나에 다 동감이야.

"아니, 메이크업이 뭐냐고요. 그딴 거, 예술 아니잖아요?"

"뭐, 메이크업과 의상으로 마릴리 먼로나 고흐로 변신한 자신의 모습을 사진 찍어서, 그 자화상을 작품으로 내놓는 모리무라 야스마사라는 예술가도 있긴 하니까, 그런 것도 있을 수 없는 건……."

나는 딱 잘라 말할 자신이 없었다. 나 역시도 그 애한테 화가 나 있었기 때문이다.

하지만 지금 불만을 토로해서 그 애가 관둬 버리기라도 하면 곤란한 건 우리 쪽이다.

“우메하라 말이 맞아. 걔, 1학년인 주제에 너무 건방 떨어.”

호코도 그렇게 우메하라 편을 들었다.

“초상화 주문이 빗발쳐서 우린 눈코 뜰 새 없이 바쁜데, 왜 거들고 싶은 마음이 안 생기냐고. 아무리 ‘예술은 자유’라지만 동아리 활동이니까 일단 팀워크라는 게 있는데.”

‘팀워크’라니, 호코 너의 입에서 그런 어울리지 않는 단어가 나오는 것도 참, 쩝.

게다가 예술이란 본래 협동심보단 개성이 생명인 거고.

그렇기 때문에, 제대로 의사소통을 못하는 아오키 같은 애도 우리 동아리에서는 견딜 수 있는 거다.

퍼뜩 생각나서 보니, 그 아오키는 애매하게 고개만 갸웃거렸기 때문에 여전히 무슨 생각을 하는지 알 수 없었다. 아니, 인간에게 관심 없는 아오키는 구사마 사쓰키가 뭘 하든 상관없을 거다.

드레스 룸(정확히 말하자면, 화장실이지만)에서 나온 구사마 사쓰키는 완전히 딴사람이 되어 있었다.

오늘도, 마음껏 메이크업을 즐긴 모양이다.

하얗게 칠한 얼굴 바탕에, 눈꺼풀 위부터 눈썹 밑까지 완전히 덮어 버린 보랏빛 아이섀도. 거미 다리처럼 긴 인공 속눈썹. 눈 밑의 기묘한 문양. 그것만으로도 흉측스러운데 모스그린 매니큐어를 칠한 손톱을 좀비 같은 손놀림으로 말리고 있는 모습은 흉측함을 뛰어넘어 섬뜩하기조차 했다.

하긴, 이 얼굴로는 교문을 빠져나갈 수 없을 게 분명하기 때문에 애써 공들여 작업한 메이크업도 집에 가기 전에는 지우지 않으면 안 될 테지만.

"부장이니까, 뭐라고 말 좀 하세요."라는 우메하라의 무언의 압력에 꼬박 3분 동안을 망설인 끝에 나는 굳은 목소리로 말을 꺼냈다.

"너한테 할 얘기가 있는데."

구사마 사쓰키가 좀비처럼 손을 흔들며 이쪽을 돌아봤다. 가까이서 보니 더더욱 소름이 끼쳤다.

소름녀의 낯빛을 살피면서(하긴, 이렇게까지 두꺼운 화장이면 어느 게 진짜 낯빛인지 분간도 안 되지만), "저기 말이야……."라고 나는 말문을 열었다.

"내가 설명을 제대로 안 한 것 같은데, 지금, 미술부에는 돈이 없어. 그래서 우린, 축제에 필요한 자금을 마련하려고 초상화를 그리고 있거든. 뭐, 솔직하게 말하면, 주문 받아서 초상화를 그리고 있는 거지. 그래서 날마다 모두가 분담해서 몇 명의 모델을 데생하고, 그걸 컴퓨터로 편집도 해서 프린트도 하고……, 할 일이 산더미같이 많아……. 그래서……, 되도록 너도 함께했으면……, 뭐 그렇게 생각하는데…….”

내 말에 구사마 사쓰키는 엄청나게 긴 속눈썹에 둘러싸인 눈을 크게 뜬 채 깜짝 놀라는 모습이었다.

근데 그 얼굴로 놀라지 말아 줘. 놀라움을 넘어 무서우니까.

“강요하지 않는 게 예술이라고 말해 놓고…….”

구사마 사쓰키의 목소리가 배신당했다는 듯 침통해서 나는 약간 당황스러웠다.

“그야 뭐, 예술은 자유라고는 했지. 하지만 일단은 동아리 활동이니까, 팀워크란 것도 조금은 생각해 줬으면 해서…….”

마치 피를 빨아먹고 온 듯한 구사마 사쓰키의 새빨간 입술이 일그러졌다. 어, 어떡하지, 화난 건가, 라고 생각한 순간, 그 입에서 “왜.” 하고 폭발 직전의 목소리가 새어 나왔다.

“사쓰키가, 왜, 촌스런 초상화 따위 그려야 해?”

그때, "초, 초, 촌스럽단 말 하지 마!" 하고 달려든 건 우메하라였다.

"초, 촌스런 건 너잖아. 뭐야, 그 얼굴은, 특수 메이크업이냐?"

우메하라의 목소리가 갈라졌다.

평소의 우메하라는 체온이 아주 낮은지 애니메이션이나 게임이나 피규어 이외에는 좀처럼 열을 내지 않는데. 그런 애가 이토록 흥분하다니.

"우메하라는, 재한테 '촌스럽다'는 말 듣고 되게 열 받았어."라고 귀엣말을 하는 호코에게 나도 모르게 고개를 끄덕이고 말았다.

하지만 물론 구사마 사쓰키도 지지 않았다.

"있잖아, 미적 감각이 없는 사람한테 설명해 봤자 소용없겠지만, 이건 말이야, ≪이상한 나라의 엘리스≫를 이미지한 메이크업이라고."

"엘리스 좋아하시네. 요괴겠지."

혹시, 저 우메하라가 진심으로 싸울 생각인가?

아니, 그런 일로 감탄할 상황이 아니었다.

둘 다 좀 냉정히. 논점은 그게 아니니까. 나는 '메이크업'이 아니라 '팀워크'에 대해 말하고 있었다고.

그런데 더 따지고 드는 우메하라.

"글쎄, 그 손톱은 뭐냐? 곰팡이라도 피었냐?"

"이거 어딜 보고 곰팡이라는 거야?"

구사마 사쓰키가 모스그린 손톱을 흔들어 댔다.

"너 같은 불결한 뚱땡이 오타쿠한테, 그런 소리 들을 이유 없거든."

말이 심했다.

섬세한 오타쿠의 마음이 어지간히 상처 입었는지, 얼굴이 시뻘게진 우메하라는 뭐라고 되받아치려고 입을 뻐끔뻐끔 했지만 목소리는 쉬 나오지 않았다.

그 사이에도 구사마 사쓰키는, "오타쿠 주제에 남의 감각에 트집을 잡다니, 넌 한참 멀었어."라느니, "외모가 그 정도로 미안하게 생겼으면, 적어도 머리나 옷 같은 데라도 신경 쓰는 게 어때?"라느니, 쫑알쫑알, 쫑알쫑알.

구사마 사쓰키는 '당하면 세 배로 갚는' 애였다.

이런 상대에게(뭐, 나름 건투했다고는 생각하지만) 우메하라가 입으로 당해 내지 못하는 건 당연했다.

이미 한계라고 생각한 바로 그때, 터지기 직전의 풍선처럼 부풀어 오른 우메하라의 볼이 터지고 말았다.

"오, 오타, 오타쿠를 함부로 말하지 마!"

그 목소리는, 홀로 떨어져 복도 벽에 기댄 채 멍하니 자기 세계에 빠져 버린 아오키가 허둥지둥 이쪽 세계로 돌아올 정도로 절절했다.

"새, 생긴 게, 그렇게 중요해? 외모로 사람을 차별하는 거냐고!"

게다가 울먹이고 있었다.

"오, 옷이나, 머리 모양이나, 화장……, 그, 그딴 거, 그딴 건, 예술이 아니잖아. 그냥, 싼티만 날 뿐이잖아. 시답잖은 걸로 땅땅거리지 말라고!"

아, 울지 마라, 못 봐 주겠다. 아니, 울어 버릴 거면 애초부터 싸움을 걸지 말던가.

한편, "시답잖아?" 하고 나직이 중얼거린 구사마 사쓰키. 그 눈동자가 복도를 비추는 형광등 불빛에 반사하여 반짝반짝 빛났다.

"미술부원이라면 조금 나은 줄 알았는데, 결국 다른 애들이랑 똑같아. 이 정도도 이해 못하다니. 하지만……, 이것만은 말해 둘게. 사쓰키의 패션은 특별해. 오리지널이라고. 남자들한테 잘 보이려고 화장하고 머리 염색하는 싼티 나는 애들하고도, 모두가 치마 짧게 입으니까 자신도 남들과 똑같이 하고 다니면서 안심하려는 애들이랑은 달라. 사쓰키는, 누구를 위해서도 아닌 바로 나 자신을 위해서 하는 거야. 세상에서 하나밖에 없는 나만의 멋이란 말이야."

아무래도 우메하라가 지뢰를 밟아 버린 것 같다.

"사쓰키는 아름다운 것만 인정해. 그래서 너 같은 촌스런 애가 너무 싫다고."

그 몸에 흐물흐물 피어오르는 건 분노의 오라.

"재수 없어 죽겠으니까, 오타쿠는 2차원 세계에서 나오지 마."

그렇게 내뱉고 구사마 사쓰키는 뛰어가 버렸다.

우메하라의 마음에 치명상을 입힌 채.

근데 재, 특수 화장한 채로 집에 갈 참인가?

특수 화장을 한 채로 뛰쳐나간 구사마 사쓰키가 동아리 활동에 나오지 않은 지 일주일이 지나고 있었다.

여름방학 전에도 비슷한 일이 있었던가.

무슨 일인지 동기 부원들이 동아리 활동에 나오지 않는다 싶었는데 대뜸 탈퇴 신청서를 들이밀었고…….

그 일로 가벼운 트라우마가 있는 나는 제정신이 아니었지만 다른 부원들은 위기감이 크지 않았다.

특히 천적이 사라져 홀가분해진 우메하라는, "걔가 오지 않으니까 살맛 나네."라며 제 세상이었다.

그렇다고, 지금 좋아할 상황은 아니잖아?

"아 진짜! 귀중한 다섯 번째 부원을 화나게 해 이대로 계속 안 나오면 어쩔 거냐고."

그만 화풀이를 해 버린 나를 보고 우메하라가 입을 비죽였다.

"헐, 제 탓? 그게 제 탓이에요? 뚱땡이라느니 불결하다느니, 못 들을 말을 들은 건 저라고요."

"우메하라 너도 요괴니 특수 화장이니, 심하게 말했잖아."

재미있다는 듯 끼어들어 말허리를 자르는 호코.

아니, 구사마 사쓰키가 화낸 건, 그것 때문이 아니잖아. 그런 말을 할 상황도 아니었다.

"호코 너도 재미있어 하지만 말고 조금은 진지하게 걱정해 봐. 걔가 만약 '탈퇴'하는 날에는 미술부는 없어져 버리니까 말이야."

"그딴 걱정 안 해도 되잖아. 걔도, 관둘 마음은 없는 거 같거든."

호코의 말투는 쿨했다.

"구사마 사쓰키는 교장 명령 때문에 마지못해 들어온 거지, 동아리 활동 같은 건 마음에도 없었을 거 아냐. 유령 부원인 채로 있어도 된다면 걔도 그쪽이 편할 거고, 우리도 부원이 다섯 명 있다는 사실만 증명하면 되니까 나오건 말건 상관없잖아."

호코다운 건조한 의견이다.

하지만.

"마지못해 들어왔다지만, 다른 부서도 많은데 사쓰키는 그 중에서 하필 미술부를 선택해 줬어."

그렇다. 보통의 학생이라면 이만큼 교장이 눈엣가시처럼 여기는 부서에 들어오면 학생부에 영향이 미치지 않을까, 걱정할 텐데.

"세쓰코, 은근히 걔 편드는 거 아냐?"

"그건 아니고. 하지만 나름 일관성이 있는 거 아닌가 싶어서."

"그 일관성이란 게 뭔데?"

호코는 입 끝에 빈정대는 웃음을 매달고 물었다.

"걔가 지키려는 일관성이란 게, 자기가 하고 싶은 것만 하는 거잖아? 그건, 제멋대로인 거지."

흐음. 난 되받아칠 말을 찾을 수가 없었다.

"이제 된 거 아니에요?"

우메하라가 말했다.

"그렇게 자기가 특별하다고 착각하는 사람은, 내버려 두면 돼요."

우메하라는, 보고 싶은 애니메이션이 시작될 시간이라며 서둘러 집으로 돌아갔다.

호코도 학원에 가는 날이라고 먼저 학교를 나갔다.

그리하여, 남은 사람은 나와 아오키.

10월 말이 되자 떨어지는 태양에 가속도가 붙었다. 순식간에 날이 저물었다.

하교 직전까지 동아리 활동을 하고 나면 집에 가는 길은 깜깜했다.

가로등 불빛에 그림자 두 개가 도로에 길게 뻗었다. 내 뒤에서 아오키의 그림자가 잠자코 따라왔다.

애당초 이런 애란 건 알고 있었지만, 말없이 단둘이 걸어가자니 무지 어색했다.

우메하라와 함께 갈 때는 오타쿠의 깊은 지식을 계속 들어야 하는 것도 고역이었지만, 침묵도 견디기 힘들었다.

"물론, 호코나 우메하라가 하는 말도 이해 못하는 건 아냐. 하지만 오든 말든 상관없다니, 같은 동아리 부원인데, 그렇게까지 딱 잘라 말하는 건 좀 아니지 않나 싶거든."

대화가 끊어지는 틈을 참지 못하고 그렇게 이야기를 꺼내봤지만, 들리는지 안 들리는지 아오키에게서는 아무런 반응도 없었다.

별수 없이 계속 입에서 나오는 대로 지껄이는 나.

"사쓰키가 여러 가지로 신경에 거슬리는 앤 건 분명하지만, '나의 감각은 세상에 하나뿐'이라고 큰소리치는 그 근성은, 싫지 않던데."

나와 아오키는 주택가의 일방통행 도로를 걷고 있었다. 뒤에서 달려온 차가 경적을 울리며 우리를 앞질러 갔다.

도로 끝으로 몸을 피했던 아오키가 멈춰 섰다. 덩달아 나도 걸음을 멈췄다.

머리 위의 가로등 불빛이 어둠 속에서 아오키의 얼굴을 떠올려 놓았다.

잠깐 입을 우물우물하던 아오키가 결심한 듯 말했다.

"저도……, 사쓰키의 감각, 참 좋아요."

가을 벌레 소리보다도 더 가냘픈 목소리였지만, 그건 나를 놀래기에 충분했다.

아니, 타인과 눈도 맞추지 못하는 아오키가 스스로 의견을 말하다니……. 아니, 그보다 아오키가 자신이 아닌 다른 사람에게 관심을 갖고 있었다니.

"좋아하다니, 뭘?"

엉겁결에 목소리가 커져 버린 나를 보며, 어우웅, 하고 우물거리는 아오키.

"그러니까, 뭘 좋아한다는 건지 묻고 있잖아."

"……새, 색깔 같은 거."

겨우 그렇게 말하고, 밤의 어둠 속으로 몸을 숨기기라도 하려는 듯 뒷걸음질 치는 아오키.

나는 그 팔을 잡고 다그쳤다.

"그러니까, 그 특수 화장의, 그 굉장히 진한 보라색이나, 그 신호등 같은 삼원색을 쓴 게 좋았다고?"

시선은 허공을 맴돈 채, 아오키가 고개를 끄덕였다.

"그렇구나, 색깔이었구나……."

다른 것은 어떻든 간에 아오키에게는 미술적인 재능이 있다. 어쩌면 천재일지도 몰라, 내가 내심 그렇게 생각할 정도로. 그 아오키가 '좋다'고 말했다.

나는 약간 흥분 상태였다. 어쨌든 색채는 미술의 기본이니까.

역시, 구사마 사쓰키를 유령 부원으로 있도록 내버려 두기는 아까웠다.

중학교의 쉬는 시간은 시끄럽다.

특히 점심시간이 되면, 반쯤은 진심으로 K-1 놀이를 하거나 주정뱅이처럼 떠들어 대면서 복도를 휘젓고 다니는 패거리 따위로 법석대서 그야말로 도떼기시장 같은 분위기.

1학년 5반은 교실 문이 완전히 열려 있었고, 교실 안도 복도만큼이나 떠들썩했다.

칠판 앞에서 라이더인지 레인저인지로 변신해서 서로 기

술을 겨루는 아이들도 있고, 무리하게 비좁은 책상 사이를 누비고 다니며 술래잡기를 하는 아이들도 있었다. 1학년 아이들이란, 서로 엉겨 붙어 있는 게 왠지 강아지들이 엉겨 붙어 장난치는 것 같아서 귀엽다, 아니 바보 같다.

소란스런 교실을 둘러봤지만 어수선하게 돌아다니는 아이들이 자꾸만 시야를 막아서 내가 찾는 인물이 보이지 않았다. 그래서 문 가까운 자리에서 잡지를 팔락팔락 넘겨 가며 신 나게 아이돌 이야기를 하는 여자애들에게 물어봤다.

"사쓰키, 있니?"

여자애들이 하던 이야기를 멈추고 이쪽을 올려다보았다. 하지만 대답은 없었다.

왠지, 느낌이 이상했다.

혹 교실을 잘못 찾아왔나 싶어서, "구사마 사쓰키가 이 반이 아니니?" 하고 확인 삼아 물었지만 여자애들은 서로 눈짓만 주고받을 뿐 입은 꼭 다물고 있었다.

게다가 잡동사니를 뒤엎어 놓은 듯했던 왁자함이 잠잠해지더니 교실 안의 모든 시선이 나에게로 집중되는 것 같았다.

왜 이러지, 애들이.

"맞는데요……."

여자애 하나가 감정 없는 밋밋한 목소리로 대답하고는 어깨너머로 시선을 던졌다. 그 시선 끝에는, 창가 자리 가운데쯤에 외따로이 빈자리 하나가 있었다. 외따로이 보였던 건, 앞자리와도 옆자리와도 뒷자리와도 부자연스럽게 사이가 떨어져 있어서였다. 책상 옆 걸이에 낯익은 책가방이 걸려 있었다. 아무래도 거기가 구사마 사쓰키의 자리인 것 같았다.

"어디 갔는지, 몰라?"

"글쎄요."

방금 전의 그 여자애가 쌀쌀맞게 말했다.

"쉬는 시간엔, 항상 교실에 없거든요."

심장이 꽉 오므라들었다.

초등학생 때, 나도 한때 우리 반 여자애들 모두에게 따돌림을 당해 주위에서 책상을 표시 나지 않을 만큼 떼어 놓은 적이 있었다.

수업 시간에는 그래도 그런대로 견딜 만했지만, 쉬는 시간이나 급식 시간에는 몸 둘 곳이 없었다.

그런데 어느 날 갑자기 무시의 표적이 다른 여자애로 바뀌고, 그날부터 모두들 아무 일도 없었던 듯 나에게 말을 걸어오는 데에는 놀라움을 넘어 어이가 없었던, 그런 시시한 기억이다.

그건 대체 무엇이었을까, 아직도 잘 모르겠다. 나도 그 애도 특별히 눈에 띄거나 겉돌았던 것도 아닌데.

누군가를 따돌린다는 것에 이유 따위 없을지도 모른다. 모두들 누군가를 괴롭히지 않고는 못 견디는 것일 뿐.

하지만.

'멋 내는 데 목숨 건' 구사마 사쓰키는 지나치게 눈에 띈다. 그 멋이란 것 또한 중학생의 감각을 뛰어넘는 독창성을 어기차게 주장하고 있으니.

아이들이 싫어하는 건, 자기주장하는 아이와 독창성이다. 특히 학교 같은 곳에서는.

게다가 성격이 그렇게 생겨 먹었다. 반 전체가 따돌려도 최대한 허세를 부릴 것이다. 그래서 점점 겉돌게 되고…….

저 자리에, 앞머리가 깡똥한 구사마 사쓰키가 등줄기를 쭉 펴고 앉아 맑고 고고한 눈동자로 허공을 응시하고 있을까. 그렇게 생각하자…… 왠지 안쓰러워서 주인 없는 책상에 눈이 딱 붙은 채 떨어지지 않았다.

말없이 우두커니 서 있는 나를 1학년 5반 아이들이 수상쩍게 바라보았다.

나는 약간 후회스러웠다. 무턱 대고 교실로 찾아오는 게 아니었다. 그렇게 자존심 강한 앤데, 미술부에서는 그토록 잘난 척하지만 실상은 반에서 따돌림 당한다는 사실은 죽어도 모르게 하고 싶을 거다.

하지만.

와 버린 이상 어쩔 수 없다.

나를 찌르는 시선을 떨쳐 버리듯 도리질하고, 나는 교실에 발을 들여놓았다. 교실의 모든 시선을 이끌고 곧장 구사마 사쓰키의 책상으로 향했다. 나는 직접 건네려던 "축제에 출품할 미술부 작품에 대해서 의견을 적어 제출해 주세요."라는 설문지를 책상 속에 넣고는 심호흡을 하여 숨을 가다듬었다. 그리고 교실 안을 빙 둘러보며 말했다.

"미술부 부장 네기시 세쓰코가 부원 구사마 사쓰키한테 중요한 소식을 전하러 왔었다고, 전해 줘."

창문의 커튼만 바람에 흔들릴 뿐, 1학년 5반 아이들은 여전히 입을 떼지 않았다.

"학교에서 돈벌이라니, 무슨 짓이냐!"

쓸데없이 커다란 교감의 목소리가 방 안 가득 울려 퍼졌다.

모딜리아니가 역대 교장의 사진이 주욱 걸린 벽을 등지고 선 채 가만히 숨죽이고 있었다. 그리고 방 한가운데 떡하니 자리 잡은 파리가 낙상할 정도로 광을 낸 손님용 까만 탁자 위에는 전교의 모든 꽃미남의 초상화가 난잡하게 널려 있었다.

교장실에 호출당한 건 한두 번이 아니지만, 이번에는 진짜로 위험할지도 모른다.

사업은 번성하고 있었다.

원화를 복사한 것 한 장에 백 엔에서 시작한 남성 초상화가 이렇게까지 팔리게 된 것은 오롯이 아트 딜러인 호코의 수완 덕분이었다.

거기까지는 좋았다.

그렇다. 착실하게 돈을 벌어 축제에 쓸 만큼 충분한 액수가 모아졌을 때 냉큼 접었어야 했다. 아니, 나는 처음부터 그럴 생각이었는데.

컬러를 넣거나 옵션으로 배경을 고를 수 있는 기획이 성공하자 호코는 우쭐했다. 아니 그보다 돈 버는 재미에 눈이 뜨였는지도 모른다.

이쯤에서 끝내자는 나에게, "무슨 산통 깨는 소리야."라며 맹렬히 반대한 호코는 "예술을 하려면 돈이 드니까, 벌 수 있을 때 벌 수 있을 만큼 벌어 둬야지."라고 주장.

'전신 패널 3천 엔'짜리 고액 상품을 내놓기도 하고, 동아리의 각 부서에서 가장 인기 있는 남자애의 초상화는 일부러 수량을 적게 만들어 웃돈을 붙이기도 하고.

이쯤 되면 미술상은 고사하고 단지 장사치에 지나지 않는다. 그것도 상당히 야비한.

이런 일은 비밀스럽게 추진하고 재빨리 접어야 하는 건데……. 그만큼 요란하게 벌여 놨으니, 당연히 교장에게 들키지.

교장은 아까부터 아직 한 마디도 하지 않고 있다. 부자연스럽게 머리를 흔들면서 탁자 위의 초상화를 쓰레기라도 보는 듯한 눈초리로 잠자코 바라보고 있었다.

그 모습이 폭풍 전의 고요함을 생각나게 해서 불안했다.

머리의 경계선이 정수리까지 후퇴하여 널찍해진 이마, 그 이마를 벌겋게 물들이고 버럭버럭 소리치던 교감이 힘이 부쳐 입을 다물자, 교장이 마침내 초상화에서 시선을 뗐다.

"교내에서 이런 물건을 팔아먹는 건, 중학생으로서 해서는 안 되는 행동입니다. 여러분이 학생들한테 뜯어낸 돈은 즉각 몰수할 것이며, 학생들이 산 초상화도 회수하고 대금은 되돌려 주겠다고 전교생에게 알리겠습니다."

영락없이 판결문을 읽어 내려가는 재판관이었다.

들킨 순간, 충분히 예상한 일이었다. 하지만 막상 선고를 받고 보니 얼마나 충격적이던지, "뜯어내다뇨, 듣기에 썩 좋지 않군요. 노동의 대가로서 보수를 받은 거뿐이거든요."라고 되받아칠 기력은 이미 없었다.

그렇게나 고생했는데. 이제 미술부는 다시 무일푼.

너무 크게 벌여서 간세이 개혁의 단속에 걸린 쓰타야 주자부로는 재산의 절반을 몰수당하는 형을 받았지만, 우리는 절반이 아닌 전액이다. 게다가 당연한 일이지만 처분은 이것만으로 끝나지 않았다.

교장은 안경 속 눈을 가늘게 뜨고, 나에게서 우메하라에게로, 그리고 아오키에게로, 천천히 시선을 이동시키면서, "한데."라고 말을 꺼냈다.

"나는, 동아리의 성립 요건으로서 부원은 다섯 명 이상이 아니면 안 된다고 했을 텐데요. 그런데 여기에는 세 명 밖에 없군. 이게 어찌된 일인가요, 우타가와 선생?"

느닷없는 질문에 쩔쩔매는 모딜리아니.

그 이마에는 "제 탓이 아닙니다. 저는 부원들이 한 일은 아무것도 모릅니다."라는 글씨가 떠올라 있었지만, 물론 그런 변명이 통할 리 없었다.

"……어, 얼마 전에, 1학년 학생이 한 명 들어와서, 부원은 일단 다섯 명이 됐을 겁니다만……."

"됐을 거다?"

교장의 입꼬리에 엷은 웃음이 번졌다.

"나는 미술부원 전원이 교장실로 오도록 전달했을 텐데요. 여기에 나타나지 않았다는 것은, 부원의 자격을 포기했다는 말이 아닌가요?"

에잇, 이럴 때 뭐 하고 있는 거야, 그 둘은…… 아니, 호코는 그렇다 치고, 자신이 미술부원이라는 자각이 있는지조차 의심스러운 구사마 사쓰키가 이런 호출에 응할 가능성은 무한대로 제로에 가깝다.

"1학년 구사마 사쓰키는 이제 막 들어와서 이 건과는 관련이 없기 때문에……." 하고 대꾸하려는 내 입을, 교장의 얼음장 같은 한 마디가 막아 버렸다.

안경 속 가느다란 눈이 "너한텐 변명할 권리 따위 없다."라고 말하듯 싸늘한 빛을 쏘아 댔다.

"이런 불상사를 일으킨 데다 부원도 없다. 그렇다면 퇴출도 어쩔 수 없군요."

우메하라가 당장에라도 울음을 터뜨릴 듯한 얼굴로 입술을 깨물었다. 고개를 떨구고 있는 아오키의 어깨가 덜커덕덜커덕 흔들렸다.

이렇게까지 불리한 조건이 다 갖춰진 데야 천하의 나도 해명할 수 없었다.

이렇게 된 이상, 우주에서 제일 미덥지 못하다곤 해도 의지할 수 있는 대상은 지도교사뿐. 이 지도교사를 보니 진짜 모딜리아니가 그린 초상화처럼 눈에서 눈동자가 사라져 있었다.

아, 다 글렀어.

승리를 거머쥔 교장의 눈이 안경 속에서 웃고 있었다. 당연히, 기분 째지겠지. 이로써 자신에게 저항하는 눈엣가시 같은 동아리를 말살할 수 있게 된다면.

노골적으로 좋아하는 듯한 그 표정에 속이 부글부글 끓어올라……, 위험해. 폭발할 것 같아.

하지만 지금 폭발해 버린다면 교장의 계략대로 되는 거다. 참아라, 네기시 세쓰코!

에잇, 난 지금 초인적인 자제심으로 꾹꾹 눌러 참고 있는데, 호코는 뭘 하고 있는 거야. 설마 도망친 건 아니겠지. 아니, 그런 성격이면 가능할지도…….

그때, 똑똑 교장실 문을 노크하는 소리.

'왜 이리 늦은 거야!'

마음속으로 소리치면서 돌아보았다.

철석같이 호코라고 생각했는데, 문이 열리고 거기에 구로다 선배가 서 있었다.

야구부 전 주장이 여기엔 웬일?

교장실에 있던 모두가 어안이 벙벙해하는 모습을 눈 끝으로 보며, 시원스런 목소리로 "실례합니다."라고 인사하고 멋대로 들어온 구로다 선배.

그 뒤에서 "죄송합니다. 늦었습니다."라면서 얼굴을 내민 것은 호코였다.

"저는 지금까지 그림 같은 거 보고 감동하는 사람의 마음을 알지 못했습니다. 하지만 저는 감동하고 말았습니다, 목탄지 위의 제 모습을 봤을 때요. 거기에는 3년 동안 열심히 체력 단련을 해 오면서 제가 이상으로 삼았던 마음과 몸이 있었습니다."

구로다 선배가 뜨겁게 말했다.

어찌된 까닭인지 알 수 없었지만 우리에게는 변호인이 등장한 것 같았다.

"구로다. 지금 무슨 말을 하는 거냐?"

이유를 알 수 없는 건 교장도 마찬가지였던 모양이다.

지역 대회 준우승의 주역인 선배는 교장에게는 학교의 이름을 높여 준 자랑스러운 학생이다. 그 자랑스러운 학생이 불쑥 나타나서 도도하게 미술부 옹호 연설을 시작해 버렸으니.

"네, 네가, 이런 벌거벗은 거나 한가지인 모습으로 그려져 있단 말이다."

교장은 탁자 위의 종이들 가운데서 삼각 수영 팬티에 배트를 메고 있는, 구로다 선배가 모델인 데생을 집어 올렸다.

"아, 그거요."

선배의 눈초리가 내려갔다.

"저는, 무지 마음에 듭니다."

"마음에 들어? 부끄러운 걸 착각한 게 아니고?"

교장은 혼란스러워하고 있었다.

"아니, 멋지다고 생각합니다."

"……."

교장은 점점 혼란에 빠졌다.

"저는 몸을 움직이는 건 잘하는데 말로 설명하는 건 서툴러서……. 하지만 말로 잘 표현하지 못하는 것도, 시각적으로는 실물 이상으로 멋지게 표현할 수 있더라고요."

그, 그렇구나. 구로다 선배는 근육 불끈불끈한 자랑스러운 몸을 전교에 어필하고 싶었던 거다, 역시.

"말이란 건, 불완전할 뿐 아니라 만능도 아니지 않습니까. 하지만 예술은 그걸 보충해 주고, 감정에까지 호소해 오던데요. 예술은 아주 대단합니다."

교장은 포마드로 번질번질하게 고정한 머리칼을 움켜쥐었다. 내 얼굴까지 화끈거릴 정도의 이런 직구 스트라이크를 진지하게 날리는 선배에게, 어떻게 대응해야 할지 모르고 있는 거다.

호코가 나를 향해 한쪽 눈을 찡긋해 보였다.

뭐, 강력한 조력자를 데려왔으니, 늦게 온 건 덮어 두마.

"그, 그보다, 이 녀석들은 돈에 눈이 멀어서 벌거벗고 있는

네 그림을 팔았단 말이다. 싸고돌 일이 아닐 텐데. 넌 지금 화를 내야 할 상황이야."

"네기시 세쓰코와 그 부원들은 예술에 대한 마음이 너무나 강력해서 폭주해 버린 것뿐입니다. 방법은 잘못됐을 수도 있지만 마음은 순수했다는 점을 알아주시기 바랍니다."

선배야말로, 의심할 줄 모르는 순진한 사람이다.

"눈을 떠, 구로다. 너는 네기시 세쓰코한테 속아 넘어갔어."

'속이다'니, 듣는 사람 기분 나쁘게…….

"교장 선생님. 네기시 세쓰코와 그 부원들이 예술을 대하는 마음은 진심입니다. 열정이 담겨 있습니다. 이번 일도, 축제 때 발표할 작품을 만들기 위해 재료 살 돈이 꼭 필요했기 때문에 벌인 게 아닙니까."

"작품?"

교장이 가소롭다는 듯 말했다.

"과거 미술부라면 또 모르지, 올해는 아무 실적도 없어. 콩쿠르에서 가작에도 들지 못했단 말이야. 그런 무능한 녀석들이 무슨 작품을 만들 수 있다고 그래."

그건 또 무슨 말이야. 무지 열 받거든요.

콩쿠르에서 상을 받지 못하면 작품을 만들 자격도 없단

거예요? 상 받기 위해 작품을 만드는 건 아니잖아요. 좋아해서 만드는 거잖아요.

중요한 건 마음이다. 실력으로는 당하지 못하지만 예술을 좋아하는 마음은 우리도 작년 선배들 못지않다.

툭. 당장에라도 뇌의 회로가 끊어지는 소리가 들릴 것 같은, 바로 그때, "저, 저어." 머뭇머뭇 끼어든 건 모딜리아니였다.

"이번 미술부에는, 이렇다 할 실적이 없는 건 맞지만, 그것만으로 무능력하다고 치부하시는 건……."

소스라치게 놀랐다.

권력자에게 거스르지 않는 모딜리아니가 교장에게 말대답을 다 하다니.

"제가 지켜본 바로는, 아직 덜 다듬어졌지만 이 아이들 안에는 번득이는 것이 있습니다. 재능의 원석을 간직하고 있는 아이들의 가능성을 부정하시는 건, 교육자로서 좀 그렇지 않나 싶습니다만……."

방금 전까지 텅 비어 있던 모딜리아니의 눈에 눈동자가 돌아와 있었다.

우아, 구로다 선배의 열정적인 말에 전염된 건가?

하지만 교장의 입가에 떠오른 건 냉소였다.

"우타가와 선생. 자네는 말이야, 실제로 성과를 보여 주고 나서 그렇게 큰소리쳐 보게. 아무튼, 이런 녀석들한테는 뭘 시켜도 다 소용없는 짓이야, 쓸데없는 짓이라고."

소용없다니, 쓸데없다니!

아, 틀렸다, 인내심의 둑이 무너지고 있다.

이제 참는 것도 한계다.

"성과를 보여 주면 되는 거죠?"

나도 모르게 소리치고 말았다.

"자, 잠깐, 세쓰코. 무슨 말을 하는 거야."

놀란 호코가 나를 말렸지만, 더는 멈출 수 없었다.

"상을 받으면 되잖아요! 실적을 보여 주면 불만 없는 거죠?"

교장실이 쥐 죽은 듯 조용해져 있었다.

호코는 하늘을 우러러보았고, 우메하라는 얼굴이 굳어졌고, 아오키의 눈은 점이 되었고, 구로다 선배는 깜빡거리는 것도 잊은 채 나를 뚫어져라 보았고, 모딜리아니의 눈동자는 다시 텅 비어 있었다.

그리고 교장은 흘러내린 안경을 집게손가락으로 밀어 올리고는 내뱉듯 말했다.

"참, 말이 되는 소리를 해야지."

그 눈에 서린 건, 생사여탈의 권리를 쥐고 있는 인간 특유의 오만한 웃음이었다.

"부원 수도 채우지 못하는 부서가 무슨 잠꼬대를 하나 그래. 아니지, 이제 동아리도 뭣도 아니니 대꾸할 가치도 없지만 말이야……."

"저어……."

머뭇머뭇 교장의 말허리를 자른 건 호코였다.

"부원이라면, 다섯 명 다 왔는데요."

교장의 얼굴에서 오만한 웃음이 사라졌다.

"방금 전에 선배님이랑 내가 여기에 뛰어왔을 때, 저기 복도에서 1학년 신입 부원이 서성이고 있기에, '뭐 해. 안 들어가?'라고 물어도 우물쭈물하면서 움직이지 않기에 그냥 두고 왔어……. 구사마 사쓰키, 아직 밖에 있지 않을까……."

끝까지 들을 것도 없이 교장실을 뛰어나왔다.

복도에는 쇼트커트한 작은 머리를 연필처럼 홀쭉한 몸에 올려놓은 여자애가 따분한 듯 서 있었다.

놀라움과 반가움으로 엉겁결에 부둥켜안아 버린 내 팔을, 무척이나 귀찮다는 듯 뿌리친 구사마 사쓰키가 종이 한 장을 내밀며, "사쓰키는, 이거, 주려고 왔을 뿐이야."라고 말했다.

그것은 "축제에 출품할 미술부의 작품에 대해서 의견을 적어 제출해 주세요."라는 설문지였다.

거기에는 외모와 어울리지 않게 동글동글한 귀여운 글씨로 '패션쇼'라고 적혀 있었다.

"초상화 판 거, 교장한테 들켰다지?"

"미술부, 없어진다는 거 진짜야?"

"내가 듣기로는, 무슨 상인가 받으면 퇴출은 없던 걸로 한다던데."

이른 아침부터 우리 반 아이들에게 둘러싸여 질문 공세를 받는 나.

하룻밤 자고 나니, 어제 교장실에서 있었던 일이 미주알고주알 전교에 퍼져 있었다.

누구냐고, 소문낸 게……, 하긴 뭐 짐작은 간다.

교장실에서 해방된 뒤에, "뭐 곤란한 일이 생기면 나한테 의논해. 우리 야구부는 미술부를 응원하거든."이라고 말하고 떠나간 구로다 선배의 그 긍정적이고 정직한 눈동자.

고마운 말이었지만, 적어도 야구부원 전원에게 말한다는 뜻이었던 거다.

아니다. 그런 건 이제 아무래도 좋다.

그보다, 나는 왜 그런 말을 해 버린 걸까.

나는 그때, "상이라니……, 대체 무슨 상을 받을 건데?"라는 호코의 목소리에 제정신으로 돌아왔다.

무슨 상……이라니, 거기까지는 생각하지 않았다. 하도 열받아서, 앞뒤 생각하지 않고 뱉어 버린 것뿐이니까.

그런데 교감이, "아 그렇지, 학생 예술전 마감이 11월 중순이지 아마."라며 쓸데없는 걸 기억해 냈다.

그 말을 들은 구로다 선배가 "옵쓰!" 하고 운동부 스타일로 흥분하며, "잘해 봐. 네기시 세쓰코와 그 친구들이라면 열정으로 해낼 수 있을 거야."라고 무책임한 말을 입에 담았고, 더구나 그런 선배를 비웃듯, "그렇군요. 그렇게까지 호언장담했으니 학생 예술전의 대상쯤이야 식은 죽 먹기일 것입니다. 나도 그 솜씨를 꼭 보고 싶군요." 하고 교장이 비아냥거린 말을 곧이곧대로 받아들인 구로다 선배. "그럼, 네기시 세쓰코와 그 친구들이, 그, 대상이란 걸 타면 퇴출을 다시 생각해 주실 수 없을까요?"라며 스포츠 만화의 열혈 캐릭터처럼 큰소리쳐 버린 거다.

천하의 나도 할 말을 잃고 말았다.

그러나.

"좋아요. 만약 대상을 타면 퇴출을 다시 생각해 보겠습니다."

우리는 교장의 말에 더 놀라고 말았다.

대상을 타다니, 아무도 거기까지 말하지 않았잖아.

교장이, 학생 예술전에 대해서 아무것도 모르는 구로다 선배의 즉흥적인 생각에 응한 것은 그게 얼마나 무모한 생각인지 알기 때문. 교장의 진의는 불가능한 것에 도전하게 하여 우리의 자존심을 산산조각 나도록 무너뜨려 두 번 다시 큰소리칠 수 없게 하려는 것이다.

그렇게 돼서, 나는 더는 뒤로 물러날 수 없게 되었다.

하지만 '대상'은 아무래도 장벽이 너무 높다.

아니나 다를까, 다른 부원들의 분위기는 무거웠다.

우메하라의 퉁퉁 부은 얼굴은 완전히 포기 모드였고, 아오키의 혼은 이미 꿈의 세계로 도피해 있었다. 구사마 사쓰키에 이르러서는 '나랑은 상관없어요'라는 듯 냉큼 돌아가 버렸고.

"그럼."

부부장인 호코가 따지듯이 말했다.

"세쓰코 넌 어쩔 셈이야?"

"아니 뭐, 나도, 대상 같은 거창한 말이 나올 줄은 생각도 못해 봤지만, 상황이 이렇게 돼 버린 이상은, 받아들일 수밖에 없지 않을까 싶은데."

"선배님 탓이네 뭐네, 그만 말은 하지 마."

호코는 딱 잘라 말했다.

"구로다 선배님은 교장을 설득해 줬어. 그런데 발끈해서 망쳐 버린 건 세쓰코 너니까."

교장이 좋아하는 야구부 전 주장을 이용해서 최악의 사태를 피하려고 했던 호코의 계획을 망친 건 나였다, 두 말할 것도 없이. 호코가 화내는 것도 당연하다.

"세쓰코 너의 나쁜 버릇이야. 화나면 걷잡을 수 없이 폭발해 버리는 거."

그것도 지당한 말이다. 호코가 하는 말은 조목조목 옳았다.

"어쨌거나, 애초부터 상은 불가능했잖아."

아니, 그 말은 틀렸어.

"애초부터 불가능하다고, 누가 정했는데? 작년에, 전국 학생 예술전 중학생부 회화 부문에서 최우수상의 영광을 안은 게, 우리 미술부 요코야마 부장이었던 걸 잊은 거야?"

"그 선배야 뭐, 천재니까."

호코는 냉랭하게 대꾸했다.

"그 선배는 특별하잖아. 우리하고는 다르단 걸, 이제 그만 좀 알라고."

"천재라면 지금 미술부에도 있잖아. 아오키라면 2주 만에 유화 한두 장……."

무심코 지껄인 건데, 실수였다.

움찔 얼굴을 든 아오키. 그 얼굴이 순식간에 창백해졌다.

"위험해요."

목소리를 죽인 우메하라.

"아오키는 압박에 너무 약한 애라서, 대상을 타기 위해 유화를 그리라고 하면 진짜로 학교에 안 나올 거라고요."

우메하라가 지적할 것까지도 없이, 유리 공예품처럼 섬세해서 약간의 충격에도 깨져 버릴 것 같은 아오키에게는 무리한 주문이었다.

예술가에게는 섬세한 감수성과 함께 강인한 정신력도 필요하다. 아, 적어도 아오키가 구로다 선배의 100분의 1만이라도 긍정적이라면.

"제 생각으로는, 상을 받기 위해 그림을 그린다는 건 말이 안 돼요."

우메하라의 목소리에는 고발하는 듯한 울림이 있었다.

"권위에 인정받기 위해 작품을 만들다니, 그건 건 예술이 아니라고요."

우메하라 따위에게 들을 것까지도 없이 나 역시 말이 안 된다고 생각한다. 하지만 어차피 엎질러진 물, 이제 강하게 밀어붙이는 수밖에 도리가 없다.

"상에 집착하는 게 뭐가 나쁘단 거지? 인상파의 선구자로 불리는 에두아르 마네, 아카데미의 전통에 도발한 그 〈풀밭 위의 식사〉를 그린 화가 말이야. 그 마네도 아카데미가 주관하는 살롱에 인정받겠다는 집착에서 끈질기게 계속 출품했어."

우메하라의 반응을 살폈다. 하지만 그 조그만 눈에는 아무런 감정도 나타나지 않았다.

소용없는 짓인가. 오타쿠에게 인상파는 먹히지 않나.

"알았어, 알았어. 억지 주장은 그만 접고."

끼어든 건 호코였다.

"좀 더 현실적이 돼 봐. 학생 예술전이야. 학교 축제하곤 차원이 다르다고."

그것도 알고 있다. 하지만 해 보지도 않고 패배 선언이라니, 나는 동의할 수 없었다.

"해 보지 않고선 모르는 거잖아."

"하다니, 뭘 한다는 거야. 이 지역에는 우리보다 재능 있고, 기술도 있는 예술계 중학생이 바글바글해. 그런 애들은,

분명 학생 예술전을 목표로 여름방학 전부터 준비해 왔을 거고. 그런 애들을 상대로, 고작 3주 만에 뭘 할 수 있다고 그래."

호코는 승산 없는 싸움이라고 못 박았다. 그래도 아예 희망이 없는 건 아니잖아.

"대상을 타기 위한 작전, 없는 건 아냐. 가령, 입체로 간다던가."

그렇게 말하고 호코의 눈치를 살폈다.

호코의 커다란 눈동자가 빙글 움직인 것을 확인한 나는 이야기를 계속했다.

"타블로같이 완성된 회화 작품이라면, 거기에 들인 수고와 기술 차이가 확연히 드러나지만, 오브제라면 발상으로 승부가 나기도 하잖아. 그런 데다 오브제는 출품 수가 적으니까 시선을 끌 수도 있을 거고. 어쩌면, 어쩌면 할 수 있을 수도 있다, 그렇게 생각 안 해?"

호코는 축제 때 출품하고 싶은 작품을 묻는 설문지에 '인간의 몸을 테마로 한 오브제'라고 답했다.

쓸데없는 일에는 엮이지 않는 현실주의자인 호코도 일단은 미술부원이다. 자신이 하고 싶었던 걸 할 수 있다면, 마음이 움직일 터.

그러나 "또 선배의 작전이에요?"라며 칩뜬 눈으로 의심스럽게 쳐다보는 건 우메하라.

"지난번에도, 초상화도 예술이니 어쩌니 하는 선배 말에 깜빡 넘어간 결과가 이런데."

지금까지 몇 번이나 나의 구슬림에 넘어온 결과, 역시 학습된 모양이었다.

"그럼, 우메하라 너는 이대로 우리 미술부가 퇴출돼도 상관없어? 만에 하나의 가능성에 걸어 볼 생각은 없는 거냐고."

"해 보고 싶어도, 오브제를 만들 재료조차 살 수가 없잖아요. 그렇게 고생 고생해서 번 돈을 몽땅 몰수당하고……."

딱 질색인 타입의 남자들(그러니까, 시원시원한 운동부 스타일로 우메하라의 열등감을 자극하는 무리)의 허벅지며 상완 이두박근이며 복근 따위를 대량으로 그린 그 노고가 물거품으로 돌아온 것이, 우메하라에게는 엄청난 상처였던 모양이다.

"우리, 알거지라고요."

"돈 없는 게 어때서!"

무겁게 잠식해 가는 포기의 분위기를 찢을 듯한 높은 목소리였다.

"그, 복싱 페인팅으로 유명한 시노하라 우시오는, 뉴욕 유학 시절에 장학금이 끊겨 남의 나라에서 물감이랑 붓은커녕 끼니조차 제대로 못 때우는 가난뱅이로 추락했을 때, 다락방 앞에 버려진 산더미 같은 골판지 상자를 주워 그걸로 오브제를 창작했어. 그게, 예술가로서 기사회생한 계기가 된 골판지 오토바이 조각 작품이었어, 그런 일화도 몰라?"

우메하라가 고개를 저었다.

인상파는 고사하고 현대미술 최전선에 있는 시노하라 우시오마저 통하지 않다니. 오늘은 어째 이렇게 유독 방어막이 단단한 거야.

"그러니까……, 내가 하고 싶은 말은……, 사람은 마음만 먹으면 소재 따위 어디서든 찾을 수 있다는 거야. 재활용 쓰레기 속에도 오브제의 재료가 될 만한 건 있다는 거지."

"그건 또 무슨 말이에요? 에코 아트예요? 하지만 이번 달 재활용 쓰레기 수거는 벌써 끝났거든요."

뭐냐, 그 건방진 태도는.

우메하라 넌, 누르면 물러서는 순진한 오타쿠여야 하는 거 아냐?

한편 호코의 눈동자에는 실망의 그림자가 번져 갔다. '쓰레기로 만든 오브제'의 비유가 마음에 들지 않았던 모양이다.

호코는 비즈를 올려놓을 수 있을 정도로 긴 속눈썹을 천천히 위아래로 깜빡거리더니, "그만, 포기하자."라고 온도도 습도도 없는 담담한 목소리로 말했다.

"시간도 없고, 돈도 없어. 이건 마치 아무런 장비도 없이 에베레스트 산 정상을 향하는 거나 다름없잖아."

"그래도 우리가 으샤으샤 하면 어떻게 될지도 모르잖아."

이런, 내가 구로다 선배인가. 아. 이런 말까지 해 버리다니……, 동요하고 있다는 증거다.

다른 때 같으면 나의 억지 논리로 넘어뜨렸을 우메하라도, 물건으로 낚여야 할 호코도 넘어오지 않은 탓이다. 주눅 든 아오키는 나와 눈도 맞추려고 하지 않았고.

다들 '대상' 따위에 왜 그리 겁을 먹는 거냐고. 뇌에 열이 날 정도로 머리를 굴려 봐도 적당한 말이 떠오르지 않았다.

그런 나를 몰아붙이듯 호코가 부자연스럽게 어깨를 으쓱하며 쏘아붙였다.

"으샤으샤 하다니, 야구 시합도 아니고."

그 밉살스런 몸짓에 피가 머리로 확 올라왔다.

"아무것도 하지 않은 채 무너지는 것보다, 할 만큼 하고 무너지는 쪽이 훨씬 낫잖아."

"미안하지만, 난 그렇게까지 하면서 너를 따를 마음 없어."

왜냐고. 왜, 그렇게 딱 잘라 말하는 건데.

"넌 교장한테 그렇게 밟히고도 괜찮아? 미술부가 없어져도 상관없냐고."

"이제, 이쯤이 기회 아냐?"라고 말한 호코의 말투는 한층 건조했다.

"엄마 아빠도 공부하라고 잔소리하고, 지금이 딱 좋은 기회니까 난 입시 공부에 전념할래. 너도 이제 그만 진지하게 생각하는 게 좋지 않겠니? 우리처럼 교장한테 찍힌 애들은 학생부는 기대할 수 없잖아. 본시험에서 점수를 딸 수밖에 없다고."

물론 입시는 중요하다. 그건 나도 알고 있다.

하지만.

이대로 아무것도 하지 않은 채 미술부가 없어지는 것을 바라보는 게 훨씬 스트레스다. 그런 스트레스를 안고선 수험 공부도 제대로 될 리 없다.

"포기하면 미술부는 진짜 없어져. 하지만 싸우면 이길지도 모르잖아. 기회는 싸우는 자에게만 주어지니까."

여섯 개의 눈동자가 나를 바라보았다. 깜빡이지도 않고 뚫어져라 보았다.

유리공예품 천재는 피가 돌지 않는 듯한 하얀 얼굴로. 우메하라는 불룩한 볼에 체념을 얹은 채. 그리고 호코는 부정도 긍정도 하지 않고, 입가에 희미한 미소를 띠고.

뭐냐, 그 얼굴은.

"알았어."

분노의 스위치가 ON이 되었다.

"너희들이 안 해도, 나는 할 거야. 혼자서라도 할 거라고. 혼자서 돈 벌고, 작품 만들고, 학생 예술전에 출품하겠어."

그만, 그렇게 소리치고 말았다.

그게 어제의 일이다.

하지만 화난 김에 그만 '혼자서라도 한다'고 해 버렸으니……, 어떡하지.

쉬는 시간마다 애들이 몰려왔다. 개중에는 옆 반에서 찾아오는 무리까지 있어서, 마치 TV 와이드 쇼의 리포터에 쫓기는 싸구려 연예인이 된 기분.

"퇴출을 걸고 교장이랑 내기를 했다지?"라느니, "그런 약속을 하다니, 이길 거 같아?"라느니, "지면 어떻게 해? 또 바리케이드 치고 농성할 거야?"라느니, "어차피 할 거면, 또 한 번 화려하게 폭죽 좀 쏘아 올려 줘."라느니, "독종이다, 미술부."라느니.

모두들 재미있어 할 뿐이었다.

더구나, "교장하고 미술부 중 어느 쪽이 이기는지, 우리도 내기하지 않을래?"라고 설치는 애들까지 등장했다. 다들 무책임하게 떠들어 대기 시작했다.

"난 교장이 이기는 쪽에 야키소바빵 한 개."

"나도 교장 쪽에 도넛 한 개."

이렇게 지껄여 대는 데는 정말이지 인내심의 한계를 느꼈다.

아무리 남의 일이라지만, 그 자식들은 남의 불행을 즐기고 있었다. 아니, 그건 그렇다 치고, 미술부 쪽에 거는 애들은 없나?

에잇, 인간들이 하나같이.

4교시 종료와 동시에 나는 도시락 통을 들고 자리에서 일어섰다.

점심시간까지 참견쟁이들이 밀려든다면 마음 놓고 밥도 먹을 수 없을 테니까.

재빨리 복도로 튀어나가, 3층에서 2층으로 뛰어 내려가다가 구로다 선배와 딱 마주쳤다.

"아, 진짜. 선배님이 쓸데없는 말을 해서 이렇게 됐잖아요."

그런 원망이 쏟아져 나오기 직전, 선배가 먼저 말했다.

"지금 마침, 너한테 가던 참이야."

초상화를 판 것도 예술을 위해서였다. 예술을 하려면 돈이 든다.

그런 우리의 변명을 온전히 믿어 준, 사람 좋은 구로다 선배는 학생 예술전에서 대상을 받으려면 어쨌거나 돈이 필요하다고 생각했던 거다.

그래서 어제 그 일이 있은 뒤로 야구부원 전원에게 "미술부가 할 수 있는 일, 어디 없냐?"라고 문자를 날렸다고 한다.

그렇게 해서 날아든 정보 가운데 하나가 상가 셔터에 그림을 그리는 일.

어쨌거나 과연 야구부, 기동력 하나는 끝내줬다.

일을 맡기는 의뢰인은 구로다 선배도 아는 사람인지, "네가 하겠다면 내가 연락해 줄게."라고 말했다. 그 말을 듣고 나는 냉큼 대답했다.

"할게요. 꼭 할게요."

선배는 곧바로 약속을 잡아 주었다.

게다가 자신도 함께 가 주겠다고 했다. 분명, 선배는 오늘 학원에 가는 날일 텐데.

다시 구로다 선배가 미켈란젤로의 다비드로 보였다. 한순간이었지만.

그래서 방과 후 보충수업을 제치고 학교를 뛰어나온 나.

호코를 불러낼까 망설였지만, 혼자서라도 하겠다고 큰소리친 이상 혼자서 하자고 마음을 다잡았다.

약속 장소로 가는 길에 선배가 해 준 이야기에 따르면, 의뢰인은 싱글벙글상가 주인들의 모임인 '싱글벙글상가번영회' 회장님이라고 한다.

회장님은 동네 소년 야구 팀 '파일럿'의 코치이며, 선배를 비롯해서 우리 중학교 야구부에는 '파일럿' 출신이 많다고 한다(결국, 이 이야기는 야구와의 인연으로 나온 것이다).

선배는 이 회장님을 '오가타 코치'라고 불렀다.

싱글벙글상가는, 국도를 끼고 있는 전통 시장이다.

너비 3미터쯤 되는 길을 사이에 두고 생선 가게, 채소 가게, 정육점, 술 가게에서부터 이발소, 중국집까지 다양한 가게가 즐비해 있다.

나도 유치원 때 엄마를 따라 자주 갔었다. 엄마가 수예점에서 비즈를 사 주기도 하고, 문구점에서 스케치북이나 크레파스를 사 준 기억이 난다.

아무래도 나는 그때부터 뭘 만들거나 그리는 것을 좋아한 것 같다.

오랜만에 오는 상가에는 손님들이 거의 없었다. 4시면 주부들이 저녁 장을 볼 시간대일 텐데, 심하게 활기가 없었다.

옛날에는 나름 번성했던 싱글벙글상가도 역 앞에 대형 슈퍼와 대형 쇼핑몰이 생긴 뒤로는 손님을 그쪽으로 빼앗겨 버린 탓일 것이다. 그러고 보니, 우리 엄마도 요새는 역 앞 슈퍼나 백화점 지하에서만 쇼핑을 한다.

포목점, 빵집, 건어물 가게……, 간판만 남겨 둔 채 셔터를 내린 가게가 눈에 띄었다. 간판의 '도자기, 철물, 일용 잡화'라는 글자가 지워진 상태로 보아 어제오늘 문을 닫은 게 아닌 듯했다.

군데군데 이 빠진 듯 빈터로 있는 곳도 있어서 왠지 을씨년스러웠다.

상가 끝자락에 휘황하게 밝은 가게가 있었다. 거기가 오가타히카루 전자 상가.

전자 상가답게 다른 가게보다 곱절이나 밝았다.

"안녕하세요."

선배가 인사하자, 가게 안에서 멍하니 커다란 플라스마 텔레비전 화면을 보고 있던 회색 작업복 차림의 남자가 "오!" 하고 손을 들었다.

어느 모로 보나 동네 전자 상가 아저씨 분위기인 배 나온 통통한 체형의 이 아저씨가 오가타 코치인 모양이었다.

구로다 선배를 따라 가게 안으로 들어갔다. 폭은 좁았지만 안은 깊었다. 입구 가까이에 히터며 가습기며 전기 고타츠 같은 계절 용품이 진열되어 있고, 한가운데께에는 세탁기며 냉장고, 오븐 따위의 가전제품이 진열되어 있었다.

가게 안쪽에서 빠른 걸음으로 우리 쪽으로 다가온 오가타 코치는 사람 좋아 보이는 얼굴에 웃음까지 지으며 "오랜만이구나."라느니, "은퇴한 뒤로 몸이 둔해진 거 같은데."라느니 하면서 구로다 선배의 어깨며 배를 쿡쿡 찔러 댔다.

선배도 반가운 듯 에헤헤헤 하고 웃었다.

그런 두 사람 위로, 천장에 매달린 수많은 조명 기구에서 눈이 부실 정도로 빛이 쏟아져 내렸다.

"그래, 지금 학원 가는구나. 지역 대회에서 우승했으니, 쇼난대학 부속고등학교에서 특별 우대해 줄 거 아냐. 시험공부 같은 건 안 해도 될 텐데."

지역의 몇 안 되는 야구 명문교를 들먹이는 오가타 코치에게, "아니에요. 저는 슈호고등학교 야구부에 가서, 고시엔으로 가는 게 목표예요." 시내에서 제일 실력 있는 공립 고등학교 이름을 대는 선배.

좀 멋진 거 아니에요?

구로다 선배가 여자애들에게 인기 있는 이유를 알 것 같아. '느끼남'만 아니라면 나도 반했을지 몰라……, 혼자서 그렇게 머릿속 대화를 하고 있는데 선배의 말투가 공손해졌다.

"바쁘신데, 불쑥 찾아와서 죄송합니다."

"무슨 소리. 전화로 말했다시피 파리 날리게 한가한데……."

말투는 농담조였지만 방금 전까지 웃음 가득했던 오가타 코치의 얼굴에서 웃음기가 사그라졌다.

"요 몇 년, 빈 점포는 늘어만 가는데 신규 개점한 곳은 피자 배달 가게 체인점 한 곳뿐이란다."

그런 넋두리를 늘어놓는 오가타 사장.

여기저기 셔터 내린 가게가 있으면 매우 쇠퇴한 상가라는 이미지가 생겨서, 가뜩이나 뜸한 손님의 발길이 점점 더 멀어지기 쉽다. 밤중에 몰래 쓰레기를 버리고 가는 얌체들이 있는가 하면, 행색이 수상한 청소년들이 무리 지어 있기도 하고, 여기저기 낙서가 돼 있기도 하고……, 실질적으로 피해를 입기 시작했다.

상가 주인들의 모임인 '싱글벙글상가번영회'가 마땅한 대책 마련을 위해 회의를 거듭한 결과, '셔터에 그림을 그리면 분위기가 조금은 밝아지지 않을까'라는 안이 부상……, 여기까지 설명한 오가타 코치는, "상가번영회도 주머니 사정이 말이 아니라서, 전문가한테 부탁할 여유가 없어. 그래서 그림에 소질 있는 사람이 아르바이트한다 생각하고 싸게 맡아 준다면야, 우리 쪽도 고맙지." 그렇게 말하면서 가게 입구 쪽으로 눈길을 돌렸다.

"그런데 그, 셔터에 그림을 그릴 학생은?"

아니, 나는 왜 패스?

혹, 몸집이 큰 선배 등에 숨어서 내 존재는 처음부터 오가타 코치의 안중에 없었다는 말?

나는 선배 앞으로 나가 고개 숙여 인사를 했다.

"미술부 부장 네기시 세쓰코입니다."

"어?"

무슨 의미지, 그 "어?"는.

교복 차림의 나를 머리끝에서 발끝까지 시선을 왕복하여 훑은 오가타 코치가, "학생이라더니, 미대생 아니었나?"라며 선배에게 눈을 돌렸다.

사람 좋아 보이는 코치의 얼굴이 흐려졌다.

아무래도 구로다 선배가 중요한 것을 얘기하지 않았나 보다.

"아무리 봐도 중학생이군. 중학생 아르바이트는 곤란하잖아."

"저희 중학교 미술부는 전국 학생 예술전에서 최우수상을 탄 적도 있어요."

구로다 선배가 지원사격을 해 주었다.

'하지만, 그건, 우리가 받은 거 아닌데요.' 하고 마음속으로만 솔직히 말하고, 나도 생긋 웃었다.

하지만 애써 지은 영업 미소도 오가타 코치의 눈동자 안에 있는 불안의 빛을 잠재우지는 못했다.

아. 역시 중학생이라고 얕보는구나.

하긴, 내가 유난히 몸집이 작고 동안이라 듬직한 인상은 아니지. 아, 농구부 에이스 우에무라처럼 키가 컸으면…… 근데 키 갖고 그림을 그리는 건 아니잖아, 하고 머릿속으로 갈등하면서도 다시 깊숙이 고개를 숙였다.

"이 일을, 꼭 하게 해 주세요."

큰소리 땅땅 친 이상, 기필코 이 일을 따내야 한다.

곤혹스러워하는 오가타 코치를 향해, 이제까지 교장과 미술부 사이에 있었던 일이며, 학생 예술전에서 상을 받기 위해서는 우선 재료비를 벌어야 한다는 사정을 설명하는 구로다 선배.

코치가 눈썹을 치켜세웠다. 엄했던 표정이 아주 조금 풀어졌다.

"뭐, 그쪽 사정은 알겠다만. 그래도……."

올라간 눈썹이 다시 내려갔다.

"가게들이 문 닫는 시간이 여섯 시부터 일곱 시 사이. 셔터에 그림을 그리는 건 그 이후인데, 중학생은 곤란하지 않겠냐."

"괜찮아요. 요즘 중학생들은 학원 같은 데 다니느라 늘 집에 늦게 들어가니까요."

하지만 오가타 코치는 온몸의 공기가 빠진 듯 커다란 한숨을 내쉬고, "중학생은 말이지……."라고 하고는 침울한 표정으로 입을 다물어 버렸다.

왠지 말 붙일 엄두도 못 낼 분위기였다.

아, 이럴 땐 어쩌면 좋지? 어떻게 하면 이 굳어 버린 공기에 구멍을 뚫을 수 있을까.

영업의 달인인 호코가 여기에 있었다면, 그럴싸한 말로 고

객의 마음을 움직여 놨을지도 모르는데.

대화가 끊긴 채였다.

난감한 내 시선이 정처 없이 맴돌았다.

가게 안이 너무 밝은 탓에 바깥이 어둑어둑해 보였다. 유리문 너머로 비스듬히 맞은편 가게의 셔터가 내려가 있는 것이 보였다.

희미하게 떠 보이는 간판이 낯익었다.

“저 가게, 수예점이었죠?”

어색한 틈을 메우기 위해 떠오르는 대로 뱉어 버린 나.

“옛날에, 키 작은 할머니가 혼자서 가게를 보고 있었어요.”

“다마코 할머니를 알아?”

오가타 코치가 반응했다.

“어렸을 때, 가끔 비즈 같은 걸 사러 오곤 했는데, 덤으로 더 주시기도 했어요. 할머니가 친절하셔서 제가 참 좋아했거든요.”

코치의 눈가에 주름이 잡혔다.

“저긴, 이 상가가 생겼을 때부터 있었던 가게 중 하나지. 영감님이 돌아가신 뒤로는 다마코 할머니 혼자서 가게를 지켜 왔어. 그런데 나이 들어 심신이 약해져서 가게를 꾸려 나갈 수가 없게 돼서, 지금은 큰아들이 모시고 있지. 큰아들은 그 가게를 부수고 주차장을 만들고 싶어 하는 모양인데, 다마코 할머니는 당신이 살아 있는 동안은 절대로 가게를 부술 수 없다고 버티고 있는 모양이더라……."

코치의 목소리는 차분하고 조용했다.

"꽤 오랫동안 저렇게 둬서, 셔터도 더러워졌고……."

"다마코 할머니네 가게 셔터, 예쁘게 해 주고 싶다."

오가타 코치가 나를 봤다. 눈으로 내 마음속을 들여다보듯.

"아니 뭐, 이 아저씨도 네 실력이 어떤지 몰라서 말이야."

왠지, 미묘하게 공기가 부드러워져 있었다.

"그렇지, 우선, 밑그림을 그려 올 수 있을까?"

그, 그 말은!

"밑그림이 좋으면 시험 삼아, 그렇지……, 다마코 할머니 가게 셔터에 그려 줄 수 있겠니? 다마코 할머니도 당신의 소중한 가게 셔터가 예뻐지면 좋아하실 테니까."

그 얘기는, 그러니까, 아무 뜻 없이 흘린 한 마디가 오가타 코치의 심금을 울렸다는 말?

"그럼, 본격적인 일은 그걸 보고 결정하는 건 어떻겠냐? 싱글벙글상가번영회 사람들의 마음에 들면 다른 셔터도 그리게 될지 모르고……. 그렇게 되면, 사례에 대해서도 다시 얘기하는 걸로 하면 어떨까 싶다만."

아, 시켜만 주신다면…….

"잘됐다, 네기시 세쓰코."

눈을 들자, 씨익 웃는 구로다 선배의 구릿빛 얼굴에 백열등 불빛이 반사하여 새하얀 이가 반짝 빛났다.

밤 12시가 지난 시간.

책상 위에 펼쳐 놓은 스케치북은 아직도 하얀색.

이럴 때 아오키가 있었으면.

아오키라면 틀림없이 그 널따란 캔버스(라고 해야 하나, 셔터지만) 앞에 선 순간, 머릿속에 이미지가 뭉게뭉게 솟아오를 거고, 그 다음은 마음 가는 대로 종횡무진으로 붓을 내달릴 텐데.

이런, 남에게 기대면 안 되지.

혼자서라도 하겠다고 큰소리친 이상, 밑그림 디자인 정도는 어떻게든 내 힘으로 해야지.

하지만 이건 쉬운 일이 아니었다.

왜냐하면, 일이니까.

뭐, 일로 치자면 꽃미남들의 초상화도 마찬가지였지만, 그거야 눈앞에 있는 모델을 데생만 하면 됐다. 내 입으로 말하는 것도 뭐하지만 나는 사실적인 사람이다. 정확하게 그리는 것은 잘하지만 독창성은 좀 떨어진다.

구사마 사츠키의, 그 노도와 같은 독창성이 부럽다…… 하긴 그 애의 경우는, 자기 자신은 120퍼센트 보여 주지만, 타인은 전혀 안중에도 없긴 하지.

일이란 취미로 그리는 것이 아니라 고객을 위해, 더구나 받는 보수만큼 만들어 내는 것이다.

다마코 할머니네 가게 양옆은 술 가게와 세탁소이고, 그 가게들은 낮에 장사를 하기 때문에 그쪽과의 조화도 생각해야 한다. 그렇다고 지나치게 주변에 신경을 쓰다 보면 재미없어질 테고.

주변 가게에 방해를 주지 않고, 한편으로 통행인의 눈을 즐겁게 해 줄 수 있는 디자인으로, 더 나아가 수예점을 운영했던 할머니도 흡족할 만한 그림을 그리고 싶었다.

나는 눈을 감고 기억을 더듬었다.

수예점이 어떤 모습이었더라.

하얀 앞치마 차림으로 온화하게 미소 짓던 할머니. 허름하고 좁지만 편안하고 기분 좋은 가게. 선반에 진열된 알록달록한 털실이며 레이스실. 유리 상자 안의 펠트며 단추며 비즈.

그래, 모티프는 역시 비즈야. 별처럼 반짝반짝 빛나는 비즈로 하자.

그런데 가장 중요한 테마는?

셔터에 그림을 그리는 목적 가운데에는, 어둡고 쓸쓸한 밤의 상가 분위기를 밝게 해야 하는 중요한 역할도 있었지. 밤하늘에 빛나는 달처럼.

그래, 달과 별!

별과 달이라면 고흐다.

고흐의 〈별이 빛나는 밤〉……이라니, 아니 그것은 좀 무섭다. 반짝반짝 빛나는 별과 달의 소용돌이로 메인 밤하늘에는 언뜻언뜻 화가의 광기가 보여서 왠지 불길하다.

고흐에게도 더 섬세하고 아름다운 별밤이 있었을 터. 가령, 전경에 연인 둘을 배치하고 하늘 가득한 별을 칭송한 〈론강의 별밤〉. 별빛 가득한 그 코발트블루 하늘에는 섬세함과 평안함이 있었지.

그래, 그 별하늘에, 같은 고흐의 그림 〈밤의 카페 테라스〉를 합성하면 어떨까.

카페 아닌 수예점 앞에는 하얀 앞치마를 두른 할머니가 달빛이 빛나는 밤하늘을 올려다보고 있다. 하늘에는 무수한 별도 깜빡거린다. 그리고 자세히, 자세히 보면 그 별은 색색의 비즈다. 할머니의 비즈가 반짝반짝 하늘에 올라가 별이 된다……, 아, 완전 메르헨이네.

너무 메르헨풍이어서 민망할 정도지만, 셔터 그림은 이렇게 즐겁고, 귀엽고, 쉬운 쪽이 좋다.

즉시 연필로 스케치했다. 그 위에 펜으로 덧그린 다음 채색.

하늘의 파랑과 가게를 비추는 가스등의 노랑을 기조로 하여, 다음은 빨강과 초록과 은빛 비즈에 금빛 달.

밑그림을 완성했을 때에는 날이 훤히 밝았다.

밤샘 후에 보는 아침 해는 눈이 부셨다. 눈이 따가울 정도로.

게다가 오늘 날씨는 굉장히 쾌청하다. 태양이 점점 고도를 올렸다. 쏟아져 들어오는 햇볕에 교실이 따뜻해지자 졸음이 밀려와 미칠 것 같았다. 나는 몸이 허약한 문과 체질이다. 이 상태로는 방과 후 작업에 지장이 있다.

2교시 수학 수업 중, "선생님, 몸이 안 좋은데 양호실에 가도 될까요?"라고 요청하자, 수면 부족으로 창백해진 낯빛이 증명해 준 덕분에 의심받지 않고 양호실행을 허락받았다.

점심때까지 양호실에서 폭풍 수면.

"이제 몸이 나아졌으니까 교실로 돌아갈게요."라고 양호

선생님에게 말하고, 그대로 정면 현관으로.

학교 안에 공중전화가 있는 곳은 정면 현관뿐이다.

교복 윗옷 안주머니, 학생 수첩에서 전화카드를 꺼냈다. 요즘 같은 시대에 전화카드를 쓰는 것도 귀찮지만 휴대전화는 교내 반입 금지다.

교칙에 금지된 것을 가져 온 것이 발각되면 즉시 몰수당하는 데다 보호자 호출. 부모와 자녀가 함께 교사에게 설교를 들은 다음에야 겨우 돌려받을 수 있다. 이건 보통 성가신 일이 아니지만 그래도 가져오는 학생은 수두룩하다.

하지만 나는 기본적으로 교칙은 지키기로 정했다. 타고난 성실함 때문이기도 하지만, 안 그래도 교장과의 관계가 배배 꼬여 있는데, 휴대전화 따위로 교장에게 트집 잡을 여지까지 주는 건 멍청하기 짝이 없는 일이니까.

공중전화로 오가타 코치에게 연락을 했다.

"밑그림이 완성됐는데, 오늘 찾아봬도 될까요?"

"벌써 됐어?"

수화기에서 놀란 듯한 목소리가 돌아왔다.

"하루라도 빨리 작업을 시작하고 싶어서요."

나는 딱히 오가타 코치의 환심을 사기 위해 이런 말을 한 건 아니다.

다음 주면 벌써 11월. 한시도 헛되이 보낼 수 없다.

하지만 그런 나의 절박한 마음이 코치에게 전해진 듯했다.

"그래. 그럼, 이 아저씨도 협력해야지……. 셔터를 청소할 도구나, 그것 말고도 이런저런 게 필요할 테니, 필요한 물건이라도 사 둘까. 괜찮아 괜찮아. 가게, 손님도 없으니까."

아니, 그 마음은 감사하지만요, 근데 그렇게 손님이 없어도 되나요?

"그럼, 뭘 사 놓아야 하나. 셔터에 그림을 그리려면, 뭐 특별한 게 필요한가."

순간, 말문이 막혔다.

오로지 밑그림만 생각했지 어떻게 그릴까, 그것까지는 생각하지 않았다. 하지만 여기에서 초보자라는 것이 들통 나면 곤란하다.

의뢰인이 묻지 않았다는 이유로, 나는 셔터에 그림을 그려 본 적이 없다는 사실을 입 다물고 있었다. 가뜩이나 중학생이라 탐탁지 않게 여기는데, 더는 약점을 노출시키고 싶지 않았던 거다.

"그 문제는, 밑그림을 보신 다음에……."

그렇게 얼버무린 나는 수화기를 놓자마자 그대로 컴퓨터실을 향해 뛰었다.

맙소사, 얼뜬 데에도 정도가 있지. 그리는 방법과 사용할 도구를 모르는 게 말이나 돼?

점심시간에는 사용자가 없는데도 컴퓨터실은 다행히 문이 잠겨 있지 않았다.

컴퓨터 전원을 켜고 검색하기 위해 키보드로 '셔터'까지 치고는 손가락이 멈췄다. 그런 걸 뭐라고 하나. 퍼블릭 아트? 그건 좀 오버다. 그럼, 셔터 페인트?

이런저런 말을 처넣어 봤지만, 쓸모없는 정보만 홍수처럼 넘쳐 나고 궁금한 것은 좀처럼 뜨지 않았다.

아. 이럴 때 우메하라가 있으면 편리한데……, 그렇게 중얼거리는데 점심시간 종료 벨이 울렸다.

5교시가 시작되자 학생들이 컴퓨터 수업을 받기 위해 들어왔다. 무단으로 컴퓨터를 사용하는 걸 들키면 큰일이다.

이런저런 일로 점심도 못 먹고 5교시 체육 수업에 나가자 빈속인 탓에 현기증이 났다.

반 아이들은 "아직 안 나았구나." 하고 걱정하고, 체육 선생님도 "오늘은 이만 집에 가는 게 좋겠다."고 해서, 속으로 앗싸 하고 쾌재를 부르며 감사한 마음으로 조퇴하기로 했다.

엄마가 조퇴 이유를 물으면 뭐라고 대답할까, 집에 가는 내내 고민했건만 엄마는 쇼핑이라도 갔는지 집에 없었다. 운이 좋았다.

우선 먹지 못한 도시락을 깨끗이 비운 뒤 청바지와 운동복으로 갈아입고, 아빠 서재로 침입해 컴퓨터를 켰다.

컴퓨터는 정말 젬병이지만, 무슨 도구로 그리는지 정도는 어떻게든 조사해 둬야 했다.

인터넷의 바다를 여기저기 기웃거리며 최소한 페인트와 솔만 있으면 그럭저럭 그릴 수 있겠다는 결론에 이르자 곧장 싱글벙글상가를 향해 뛰었다.

정말이지, 눈코 뜰 새 없이 바빴다. 모든 걸 혼자서 한다는 건 만만치 않았다.

"어? 학교 벌써 끝난 거냐?"

소스라치게 놀라는 오가타 코치에게, "오늘은 단축수업 했어요." 하고 적당히 넘기고 밑그림을 보여 주었다.

오가타 코치는 달과 별과 할머니가 등장하는 메르헨 그림이 마음에 든 모양이었다.

이리하여 첫 난관은 통과했다.

그런데 문제가 한 가지 있었다.

"저……. 아르바이트하는 거, 학교에 들키지 않았으면 좋겠어요."

머뭇머뭇 말하는 내 얼굴을 빤히 바라보는 코치.

'이래서 중학생은 성가셔.'라고 생각할지도……. 불안에 떨고 있는 나를 향해 오가타 코치가 알았다는 듯 고개를 끄덕였다.

"그렇다면, 우리를 도와주는 걸로 하자. 표면상으로, 아저씨가 셔터에 그림을 그리는데 아는 중학생이 도와준다, 그렇게 하면 문제없겠지?"

코치는 오가타 전자 상가의 업무용 왜건을 몰고 수세미와 페인트와 솔을 사러 나가는 동안 나에게 가게를 봐 달라고 부탁했다.

그렇게 돼서 가게를 봤는데, 손님이라곤 아기와 함께 전지를 사러 온 주부 한 명뿐이었다. 덕분에 가게를 보는 건 편했지만 정말 이렇게 손님이 없어도 괜찮은 걸까.

상가 아케이드에 불이 켜졌다. 좌우에 고풍스러운 램프 모양 가로등이 일정한 간격으로 서 있는 상가에 와르르 땅거미가 내렸다.

지나다니는 사람들도 부쩍 줄었다. 여기저기서 문 닫는 소리가 들려왔다.

밤에 침식당해 가는 상가에서 혼자 셔터를 닦고 있자니 심란했다.

"뭐? 지금부터 혼자서 청소한다고? 다른 부원은 어쩌고?"

오가타 코치가 의심스러웠던지 그렇게 묻는데도, "솔직히 말씀드리면, 저 혼자예요."라고 사실대로 말하지도 못하고, "다른 부원들은 지금 좀 바빠서요."라는 말로 얼버무리고, "쇠뿔도 단김에 빼라는 말도 있고, 이런 일은 당장 하는 게……. 아니, 혼자서 해도 괜찮아요."라고 우기며 청소를 시작한 것까지는 좋았는데, 가게를 닫은 이후로 한 번도 청소를 한 적이 없는 수예점의 셔터는 장난 아니게 더러웠다.

분무기에 넣은 세제를 뿌려 가며 솔로 문질렀지만 깨끗해지지 않았다. 쇠솔로 박박 문지르지 않으면 지워질 것 같지 않았다.

맥주 상자에 올라가 위쪽부터 박박 문질렀다. 점점 팔이 저려 오고, 손도 시리고, 손바닥도 아팠다.

하지만 청소 작업은 눈곱만큼도 진척이 없었다.

예상보다 훨씬 고된 일이었다. 이렇게 해서 오늘 밤 안으로 끝낼 수 있을까.

아. 청소 하나도 이런데, 이런 대형 화면에 혼자서 그림을 그리려면 대체 시간이 얼마나 걸릴까.

수예점은 상가 중에서도 작은 축에 들었다. 셔터 크기는 약 가로 3미터 세로 2.5미터쯤 되는데, 막상 이렇게 서 보니 캔버스 100호에도 그려 본 적이 없는 나에게는 넓어도 너무 넓었다.

지금은 어디까지나 시험 기간이다.

여기에 그리는 그림이 싱글벙글상가 사람들에게 인정받아야 비로소 보수를 받을 수 있는 일을 얻을 수 있다.

학생 예술전 마감까지 앞으로 3주일도 남지 않았는데, 이런 일로 어물어물하다가는 정작 중요한 오브제를 만들 시간이 없어져 버리지 않는가.

혼자서 하겠다고 큰소리쳤지만 역시 어려울지도……. 아무리 피가 머리로 올라와도 그런 말은 하지 말았어야 했다. 그렇게 후회해 봐야 이제 와서 주워 담을 수도 없지만.

아, 어쩌지.

셔터를 올려다보자 눈앞이 깜깜했다.

왠지 울고 싶다……고 생각했을 때였다, 등 뒤에서 목소리가 들린 건.

“뭐야, 혼자서만 재미있는 일 하기야?”

돌아보니 상가의 희미한 가로등 불빛 속에 호코가, 그리고 우메하라와 아오키가 서 있었다.

모두들, 와 주었어…….

바다 밑바닥처럼 어둑어둑한 상가의 희미한 가로등 불빛 아래 우두커니 서 있는 세 사람이, 나에게는 마치 보티첼리의 천사가 윤무하는 그림의 한 장면(보티첼리의 〈신비한 탄생〉-옮긴이)처럼 보였다.

그 천사들이 번져 보였다.

하마터면 눈물을 쏟을 뻔했지만 허둥지둥 눈물샘을 단단히 조였다. 이런 일로 눈물 따위 보인다면 나중에 무슨 소리를 들을지 모른다. 떨리는 목소리를 억누르고 한껏 아무렇지도 않은 듯이 말했다.

"용케도 여기를 알았네."

흘끔 눈을 든 아오키가 천사처럼 미소 지은 듯 보였다, 기분 탓이겠지만.

평소에는 역겨워 보이는 우메하라의 웃는 얼굴이 오늘 밤에는 귀엽게 보였다, 기분 탓이겠지만.

하지만 세 천사는 끔찍하게 부루퉁한 얼굴로, "구로다 선배가 알려 줬어." 하고 골 난 듯이 말했다.

"어제는 보충수업 제치고, 오늘은 조퇴했다기에, 어찌 된 건지 걱정돼서 여기저기 물어봤더니 구로다 선배가……, 그건 그렇고. 너 뭐냐, 개인적으로 선배하고 친하게 지내고."

후유.

"세쓰코, 구로다 선배는 네 타입이 아니라고 하지 않았던가?"

사람이 모처럼 감동 모드인데, 뭐냐, 그 트집은. 평소 같으면 그렇게 쏘아붙였을 테지만 오늘 밤은 화내지 않을 거다.

낚아채는 건 치사하다느니 어쩌느니, 잘 알지도 못하고 기세등등하게 트집 잡는 호코에게, "고마워." 하고 미소와 더불어 감사의 말을 전했다.

"모두들 와 줘서 기뻐."

호코의 콧구멍에서 훅 하고 공기가 빠지면서 머쓱한 표정으로 바뀌었다.

"아니 뭐, 난 딱히 여기 올 생각 없었어. 우메하라랑 아오키가 꼭 가 봐야 한대서 따라온 것뿐이야."

"하지만." 하고 나는 셋의 옷차림을 보았다.

호코는 청멜빵바지에 점퍼, 아오키도 청바지에 파카로 털

털한 차림이고, 우메하라에 이르러서는 위아래로 초록색 학교 체육복에 목장갑까지 챙겨 왔다.

"그 옷차림, 아무리 봐도 의욕 넘치는 분위긴데 뭘."

"그러니까, 나는 돕겠다는 말 같은 거 안 했다니까. 우메하라랑 아오키가 귀찮게 굴기에……."

"가노 상도 구로다 선배님이 소개해 준 일을 세쓰코 선배님 혼자 하게 해선 안 된다고 난리쳤잖아요."

"누가 난리쳤다고 그래!"

호코의 한쪽 눈썹이 쑥 올라갔다.

"그런 그렇고. 너 말이야, 전부터 거슬렸는데, 세쓰코한테는 꼬박꼬박 '선배님'이라고 부르면서 왜 나는 '가노 상'이야?"

"우리한테 선배님이라고 부를 수 있는 사람은, 이 3차원의 세계에서는 네기시 세쓰코 부장님 단 한 명뿐이라고요. 그때, 미술부의 명예를 지키기 위한 성전을 함께 치룰 때, 그렇게 정했어요. 안 그래 아오키, 그렇지?"

"……."

"이야기가 다른데? 그건, 너의 가장 소중한 피규어를 세쓰코한테 인질로 빼앗기고 '동참하지 않으면 창밖으로 던져 버리겠다'고 위협당해서 할 수 없이 참여한 거 아니었어?"

"그런 가노 상은 어떤데요? 우리가 교실에서 나오지도 못하고 교장이랑 싸울 때, 없었잖아요. 다 끝난 뒤에야 약삭빠르게 돌아와 놓고는."

"무슨 그런 고릿적 얘기를 꺼내고 그래."

"고릿적이 아니에요, 9월에 있었던 일이에요. 아직 두 달도 안 지났잖아요."

이야기가 점점 딴 길로 샜다.

아, 진짜! 너희는 왜 순순히 나를 감동시키지 못하는 거냐.

"그런 건, 아무래도 상관없잖아!"

하나 마나 한 말다툼에 종지부를 찍을 작정으로 내지른 큰소리가 밤의 상가에 울려 퍼졌다.

"나는, 너희하고 함께할 수 있다는 사실만으로 가슴이 벅차. 아까까지 나 혼자서 어떡하나 싶어 울적했거든."

우메하라가 눈을 끔뻑거렸다.

"선배님도 울적할 때가 있어요?"

'선배님도'라니, 그럼, 난 어떤 사람인데요.

한 시간쯤 걸려 청소는 끝났다. 거짓말 같은 속도였다.

철선솔로 문지르고, 호스로 물을 뿌려 씻어 내자 셔터는 새것처럼 반짝반짝해졌다.

모두 다 같이 한다는 건, 이렇게 굉장한 것이다.

뭐, 정확하게는 '모두'가 아니지만. 약 한 명, 여기에 없는 부원이 있다.

그래서 그 구사마 사쓰키는 어떻게 됐느냐고 물어보니, "아, 그 애라면, 비너스 석고상에 화장하느라 바쁜 것 같던데."라는 호코의 대답.

아, 골치 아파.

그제 교장실 앞 복도에 서 있던 앞머리 깡뚱한 여자애를 봤을 때는, 이제 구사마 사쓰키도 진정한 미술부원이라고 믿었는데 역시 착각이었나…….

실망을 감추지 못하는 나에게, "이제 그 애는 치외법권으로 해 두자."라고 호코가 말했다.

"맞아요, 그딴 애, 애초부터 우리 팀이 아니었으니까."라고 우메하라도 동조했다.

"머릿속에 온통 화장이랑 옷 생각뿐인 애라고요. 어차피 그림 같은 건 그리지도 않을 테니까, 여기에 와 봐야 하나도 도움 안 돼요."

하지만 나는 그렇게까지 단언할 수 없었다.

밤에 물일을 하느라 몸이 얼은 우리에게, 오가타 코치가 상가 중국집에서 라면을 배달시켜 주었다.

닭 뼈를 우려낸 국물이 언 몸에 퍼지자 추위로 굳었던 혈관에 다시 피가 돌았다.

다 함께 콧물을 흘려 가며 먹는 소금라면은, 내가 14년 동안 먹은 라면 중에서 가장 맛있었다.

다음 날.

저녁 5시 반, 싱글벙글상가에 집합한 미술부원들. 지난밤에 무지 떨었기 때문에 모두 점퍼며 코트를 단단히 챙겨 입고 왔다.

오늘밤에 할 일은 바탕칠.

색상의 기조가 파랑과 노랑이기 때문에 바탕은 레몬옐로가 좋다는 의견에 따라 셔터에 솔로 페인트를 칠해 나갔다. 하지만 한 번 칠해서는 얼룩이 남기 때문에 한 번 더 덧칠을 해야 했다. 어제에 이어 계속 팔을 올리고 하는 작업. 근육통이 올 것 같았다.

하지만.

이걸 만약 혼자서 칠했다면 근육통 정도로 끝나지 않았을 것이다. 부원들이 함께해 주는 고마움을 몰래 속으로 되새겼다.

상가 사람들이 가게를 닫으며 우리가 일하는 모습을 관찰

했다. 중학생이 얼마만큼의 일을 할 수 있는지, 어디 한 번 보겠다는 듯한 시선.

그래도 오른쪽 옆 세탁소 아저씨는 키보다 높은 곳을 칠하느라 고생하는 우리를 차마 못 보겠던지 사다리를 빌려주었다.

두 번의 칠을 끝냈을 때는 저녁 8시가 넘었다.

밤에는 매섭게 추워진다.

전자 상가의 할로겐 스토브를 둘러싸고(오가타 코치의 가게가 전자 상가여서 다행이다) 왼쪽 옆 술 가게 아줌마가 가져다 준 단술(용기째 전자레인지에 데워 먹을 수 있는 단술이었다. 이럴 때도 전자 상가는 편리하다)을 마시면서 내일 할 일의 순서에 대해 이야기를 나누었다.

내일은 토요일이어서 학교는 쉰다. 그래서 미리 양옆 세탁소와 술 가게의 허락을 받아 오전부터 작업을 하기로 했다.

모두에게 밑그림을 보여 주자, 내가 하는 일에 사사건건 트집을 잡지 않으면 성이 풀리지 않는 호코가 즉각 트집을 잡았다.

"이 색깔이며 구도, 아무래도 고흐를 베낀 거 아냐?"

약점을 찔린 나는, "그러고 보니까, 일본인은, 고흐를, 좋아해." 하고 은근슬쩍 논점에서 비껴갔다.

"이유가 뭘까? 역시 고흐가 일본의 우키요에 같은 걸 좋아한 덕분인가. 생각해 봐, 고흐는 에도시대의 우키요에 화가인 샤라쿠나 호쿠사이, 히로시게 같은 예술가들한테 꽤 영향을 받았잖아. 그 단순한 구도며 극단적인 원근법, 그리고 그림자 배제. 우키요에와 비슷한 그런 분위기가 유전적으로 일본인의 감성에 호소하는 거겠지."

그런 이야기를 신 나게 떠들어 대고 있는데, "결론은, 베낀 거네." 호코는 그렇게 단정 짓고 컵의 단술을 벌컥벌컥 다 마셔 버렸다.

뭐야, 그 대놓고 비아냥거리는 태도는.

부원들의 고마움을 멍청하게 되새기는 게 아니었다.

욱하고 화가 치민 나는, "이런 데 그리는 그림은 보는 사람이 어떻게 보느냐에 따라 달라져. 굳이 일본인한테 인기 있는 고흐를 베낀 건 전략이라고, 전략." 하고 갑자기 정색해 보였다.

"별 중요하지도 않은 그런 얘기보다 지금은 중요한 일이 있잖아."

"별 중요하지도 않은 얘기를 주저리주저리 늘어놓은 건 너잖아."라는 호코를 무시하고, "지금 의논해야 할 중요한 일이란, 이걸 어떻게 셔터에 그려 나갈까야."

그렇다. 문제는 이 밑그림을 어떻게 정확하게 셔터에 옮겨 그릴까, 하는 거다.

다 같이 의논한 결과, 셔터 전체를 20센티미터 네모 격자로 칸을 나누기로 했다. 밑그림에도 같은 비율로 정사각형 격자를 그려 넣어, 셔터의 격자마다 대응하는 밑그림의 윤곽을 그려 넣어 가면 거의 정확하게 모양을 옮길 수 있을 것이다.

철저하게 준비해서 가능하면 이번 토요일과 일요일 이틀 만에 완성하고 싶었다.

토요일. 가게들도 아직 문을 열지 않은 아침 8시, 상가에 맨 먼저 나온 건 우리 미술부원들이었다.

컴퓨터에 밑그림을 스캔하여 격자 모양을 넣어 온 우메하라. 프린트해 온 것을 보니 격자 모양마다 일련번호가 매겨져 있다. 꽤 꼼꼼한 녀석이다.

이리하여 오전에는 우선 셔터에 연필로 선을 긋는 것부터 시작했다.

선을 긋는 것뿐인데, 이 작업이 의외로 손이 많이 갔다.

그도 그럴 것이, 셔터는 울퉁불퉁해서 선을 그리기가 힘들었다.

게다가 지나가는 사람들이 걸음을 멈추고 신기한 듯 지켜보았다.

어제까지는 야간작업이었기 때문에 사람들 눈에 띄지 않았는데, 아무리 쇠퇴한 상가라지만 낮에는 나름 찾는 이들이 있었다.

학교 복도나 운동부 동아리 방을 돌아다니며 질리도록 데생을 했기 때문에, 사람들이 기웃기웃 쳐다보는 데에는 익숙해졌다곤 하지만, "너희들, 뭐 하는 거냐?" 그렇게 몇 번이고 같은 말을 묻는 데에는 넌덜머리가 났다.

그때마다 "셔터에 그림 그릴 준비를 하고 있어요."라고 같은 대답을 반복하다 보니 앵무새나 구관조라도 된 기분.

특히 아오키는 질문을 받을 때마다 움찔움찔 겁먹은 표정이다.

아무리 사람들과 의사소통하는 게 어렵다곤 하지만 딱히 그렇게까지 주눅 들지 않아도……라고 생각하는데, 이미 노트르담 사원 지붕의 가고일(유럽 기독교 사원의 벽에 붙어 있었던, 괴물을 본뜬 석조상-옮긴이)처럼 화석이 돼 버린 아오키.

혹시 숨을 쉬지 않는 거 아닐까.

"아오키, 죽은 거 아니지?"

걱정돼서 물었지만 대답이 없었다. 게다가 연필은 딱 멈춘 채 움직이지 않았다.

"이럴 땐, 가만두는 게 좋아요. 담을 치고 도망쳐 들어가 있거든요."

나에게만 들릴 정도로 조그만 목소리로 우메하라가 귀띔해 줬다.

"그치만 아오키도 여러 동아리 방에 출장 다니면서 초상화를 그렸잖아. 좀 익숙해질 때도 되지 않았나."

"그게 안 된다니까요."

우메하라가 고개를 흔들자 불룩한 배도 덩달아 출렁거렸다. 우메하라는 오늘도 초록색 운동복. 운동복 때문에 배불뚝이 체형이 더더욱 도드라져 보였다.

"지나가던 낯모르는 사람들한테 끊임없이 뭐 하는 거냐고 질문 공세를 받는 건, 아오키 입장에서 보면 세상에서 가장 무서운 공포 체험이라고요. 초등학교 때도, 선생님이나 같은 반 애들이 뭘 물어볼 때마다 공황 상태에 빠져서 학교에서 도망쳤을 정도거든요."

아오키와 우메하라는 같은 초등학교 출신이다.

"도망치지 않는 것만도 다행인 거예요."

그렇구나. 자신의 교실에도 들어가지 못하는 아오키에게

많은 사람들이 에워싸고 지켜보는 상가 한복판에서 일하게 한 게 무리였나…….

일련번호에 맞춰 격자 안에 밑그림을 옮겨 그리다 보니, 어느새 점심때가 되었다.

오가타 코치가 페인트와 붓을 놓고 쓰라고 빌려 준 접이식 탁자 앞에 앉아, 오가타 코치가 사다 준 편의점 도시락을 먹고 있는데 술 가게 주인이 주스를, 정육점 주인이 크로켓을, 중국집 주인이 만두를 갖다 주었다.

상가 사람들의 시선이 어제보다 부드러웠다.

하지만 아오키는 여전히 굳어 있었다.

그래서 "오늘은 그만 들어갈래?"라고 물어보니 고개를 숙인 채 보일락 말락 고개를 저었다. 어쨌든 계속 그릴 마음은 있는 것 같았다.

오후에는 연필로 밑그림을 베끼는 작업과 붓칠을 병행해 나가기로 했다.

윤곽선은 파란 페인트로 칠했다.

연필로 그리는 것도 힘들었지만 연필 선을 따라 붓으로 덧그리는 작업도 만만치 않았다. 나는 특히 셔터의 오목한 부분에 붓칠하는 것이 어려웠다.

하지만 레몬옐로우 바탕에 할머니와 가스등의 파란색 윤곽이 드러나 제법 그림의 꼴이 갖춰지자 지나다니는 사람들의 반응도 달라지기 시작했다.

이제 시간을 들여 관심 있게 지켜보는 사람들도 있었다.

"이건, 무슨 그림이지?" "너희들, 학생이냐?" "간판업자야?" "학교 숙제야?" 등등 질문도 구체적으로 바뀌어 갔다.

"열심히 해."라고 격려해 주는 사람도 있어서 조금은 뿌듯했다.

구경하는 사람들의 반응은 대체로 호의적이었다.

그런데 아오키는 아직 현장 복귀가 어려운지 여전히 탁자 사이에서 움츠러든 채 있었다.

마음은 있어도 몸이 움직이지 않는 듯한, 그런 아오키를 보는 호코의 눈은 싸늘했다. 들으라는 듯이 "내가 왜 이런 허접한 일을……."라느니, "아, 귀찮아."라느니, "이거, 좀 더 간단한 구도로 할 수 없었니?"라면서, 투덜투덜 불평을 쏟아내기 시작했다.

뭐, 마음은 안다. 모두들 아침부터 쉴 새 없이 일했으니 지치기도 했을 거다.

피로는 사람의 마음에서 관대함을 앗아 가는 법.

우메하라의 팔놀림도 둔해졌다. 작업 속도도 뚝 떨어졌다. 이럴 때일수록 더더욱 하나라도 많은 손길이 필요하다. 특히 아오키처럼 기술 있는 사람이 있는 것과 없는 건 하늘과 땅만큼이나 다른데.

지금만큼 아오키의 데생 능력이 필요할 때도 없을 텐데, 지나가는 사람들이 말을 거는 정도로 저렇게 굳어 있다면 보물을 가지고도 그냥 썩히는 거다, 아니 보물이 있어도 아무짝에도 쓸모없는 거다.

나도 '난감함'을 넘어 '작작 좀 해라'라고 쏘아붙이고 싶은 심정이었다.

여기저기서 불거져 나오는 짜증에 불쾌한 공기가 고이기 시작했다.

아 참, 이 멤버로 공동 작업을 하는 건 이번이 처음이지.

공동 작업은 어렵다. 모두들 마음으로 동조할 때는 상승효과로 인해 작업이 착착 진행되지만 반대로 단 한 명만 컨디션이 나빠도 이렇게 분위기가 가라앉는다.

이런 분위기로, 오브제는 함께 만들 수 있으려나. 이 애들은 워낙 공동 작업이 어울리지 않는다고 할까, 제멋대로 하고 싶은 애들이니까.

왠지 불안해졌다.

하긴, 앞일을 걱정한들 무슨 소용 있으랴. 지금은 불쾌한 공기를 환기시키는 게 중요하지.

"잠깐, 쉬자."

내가 휴식을 선언했을 때,

"선배님, 선배님."

무슨 일인지 두리번두리번 허둥대며 우메하라가 내 어깨를 찔렀다.

"귀찮게, 왜 그래."

파리라도 쫓듯이 그 손을 뿌리치자, "그, 그게요, 저기……." 곤혹스런 얼굴로 우메하라가 구경꾼 속의 한 곳을 가리켰다.

"혹시, 구사마 사쓰키 아니에요?"

차분한 톤의 상가 안, 우메하라가 가리킨 그곳만이 유난히 명도가 높았다.

넌 빨간 두건이냐, 그렇게 묻고 싶을 정도로 온통 새빨간 구사마 사쓰키는 나와 눈이 마주치자 어색한 듯한, 화난 듯한, 부끄러운 듯한, 글로 쓰자면 원고지 한 장 정도는 채울 수 있을 정도로 복잡한 표정을 지어 보였다.

다시 말해, 동아리 활동 때의 특수 메이크업에 견준다면 오늘의 화장은 표정을 읽을 수 있을 만큼은 엷다는 거다. 하지만 그래도 위아래에 붙인 인조 속눈썹은 지네 다리만큼이나 길었고, 눈썹은 애벌레만큼이나 굵직했다.

"왔구나."

내가 다가가자, 구사마 사쓰키는 멋쩍었던지 시선을 피했다.

"아닌데."

멋쩍음을 감추고 싶은 듯 다른 때보다 훨씬 기운 없는 목소리로 말했다.

"우연히 여길 지나가고 있었을 뿐이야."

이럴 땐, 우연히든 일부러든 상관없다.

"잔말 말고. 거들어. 이거, 내일까지 완성할 건데, 일손이 모자라서 아직 색칠을 못하고 있거든."

구사마 사쓰키는 페인트로 떡칠된 내 손이며 파카를 재빨리 쓰윽 훑어보더니, "옷이 더러워져."라고 중얼거렸다.

"야, 보통 누가 현장에 그렇게 하고 오냐."라고 되받아쳐 주고 싶은 걸 꿀꺽 삼켰다.

아참, 이 애는 보통 사람이 아니었지.

그 증거로, 상가를 지나가는 사람들이 모두 쳐다보고 갈 정도로 구사마 사쓰키는 빨갰다. 게다가 그 빨강은 저마다 자기주장을 하고 있었다.

특대 사이즈의 사탕 모양이 달린 리브 니트 모자는 산홋빛의 빨강. 수수하고 점잖은 손 뜨게로 짠 듯한 원피스는 저녁노을빛의 진홍. 어깨에 두른 폭신거리는 기다란 모직 숄은 포도주 빛의 빨강.

마치 색깔의 견본인 것 같았지만, 그 어느 빨강도 꼼꼼하게 작업하여 순수한 정수만을 추출한 듯 선명한 톤이어서 약 오르게도 내 눈이 기뻐하고 있었다.

하지만 뭔지 모를 자질구레한 것들을 주렁주렁 휘감고 있었다.

뭣 때문인지 팔꿈치에 보호대를 했다. 손가락 끝부분을 싹둑 잘라 낸 목장갑 밖으로 나온 손톱은 인조. 원피스 자락 밑으로 쭉 뻗은 가느다란 다리에는 타이츠에 무릎까지 오는 줄무늬 양말을 겹쳐 신었고, 무슨 멋인지 발에는 투박한 등산화.

아무튼 교칙이라는 속박에서 해방된 구사마 사쓰키는 자신감 대폭발이었다.

선명한 색채에 주눅 든 채 멍하니 있던 우메하라가 생각난 듯 독설을 날렸다.

"뭐, 뭐냐 그 꼬락서니는. 어디 불났냐? 아, 불이 났구나."

초록색 운동복 차림의 뚱보를 외계 생물 보듯 흘끗 쳐다본 구사마 사쓰키는 재수 없다는 듯 되받아쳤다.

"그러는 넌, 케로로냐."

그렇게 티격태격하는 둘을 보며 호코가 입술 끝을 올리고 냉소적으로 웃었다.

그건 그렇다 치고, 놀라운 건 창백했던 아오키의 얼굴이 마치 구사마 사쓰키의 옷 색깔이 반사된 듯 붉은 기를 띠고 있었다.

정신을 차리고 보니, 조금 전까지의 짜증이 떠돌던 공기가 사라져 있었다.

아름다운 색채는 의욕을 유발시키나?

아오키가 부활했다.

아까까지와는 사뭇 딴판으로 온몸에서 의욕의 오라를 발산시키는 아오키. 사다리에 올라서서 대형 화면에 가느다란 붓을 놀리고 있는 그 모습은 왠지 바티칸의 시스티나성당 천장 프레스코화와 씨름하는 미켈란젤로 같다……고 하면 과장이지만 작은 체구가 왠지 커 보였다.

과연, 조금 그려 보고 바로 요령 터득. 울퉁불퉁한 셔터 표면에 빠르게, 그것도 정확하게 밑그림을 옮겨 그리는 기술! 역시 천재?

아무튼. 아오키의 부활로 갑자기 일의 속도가 빨라졌다.

윤곽은 아오키에게 맡기기로 하고, 우리는 색칠 준비에 들어갔다.

"결론적으로, 재 뭐 하러 온 거냐고."

탁자 위의 페인트 통에서 노란색과 파란색을 접시에 옮겨 담으며 호코가 투덜거렸다.

목소리에 억양이 없는 것은 상가 손님들 사이에 끼어서 구경하는 구사마 사쓰키에게 화가 났기 때문이다.

구사마 사쓰키는 치외법권, 그만 소리를 해 놓고도 역시 화가 나는 모양이었다.

"사복 패션 자랑하려고 온 거 아니겠어요."

커다란 공간부터 칠해 나간다는 이론에 따라 우선은 밤하늘의 파랑을 섞어 칠하던 우메하라가 대화에 끼어들었다.

"하지만 아오키가 되살아난 건 구사마 사쓰키가 오고 나서야."라는 나.

따져 묻던 우메하라가, "아니, 아오키가 되살아난 건, 재 때문이 아니고요." 하고 주위를 신경 쓰듯 목소리를 죽였다.

"전에도 이런 일이 있었어요."

우메하라의 말에 따르면, 아오키는 초등학교 때 행방불명된 적이 있었다. 그 원인은, 아름다운 저녁놀에 매료되어 저물어 가는 태양을 쫓아가다 그만 길을 잃었다나.

"초등학교 1학년 가을 소풍 때는, 시시각각 변하는 바다 빛깔에 넋을 잃고 계속 물가에 서 있다가 밀려온 파도에 휩쓸려 익사할 뻔했고요."

당시의 아오키는 등교 거부까지는 아니었지만 결석이 잦았다. 반 아이들과도 친해지지 못하고 누구와도 이야기하지 않았다. 억지로 말을 시키면 교실을 뛰쳐나가 집에 가 버리는 학생이었다. 게다가 간혹 보이는 돌출 행동으로 문제아 취급을 당했던 모양이다.

"아오키는 색깔에 반응해요. 초등학교 때, 아오키가 말하는 걸 딱 한 번 본 적 있는데, 그것도 색하고 관련된 얘기였어요."

우메하라가 기억을 되살리듯이 먼 곳을 보았다.

그것은 2학년 첫 수업 참관 때의 일.

그날은, 수업이 시작되면 한 사람씩 2학년이 된 포부를 발표하게 되어 있었지만, 아오키에게는 사람들 앞에서 발언한다는 건 터무니없는 일이었다.

하지만 4월에 갓 부임한 햇병아리 교사인 담임은 그런 사정은 몰랐던 모양이다.

"2학년이 돼서, 무엇을 열심히 해 보고 싶은가요?"

선생님이 그렇게 물어도 아오키는 침묵할 뿐이었다. 대답은커녕 자리에서 일어나지도 못했다.

"뭔가 있겠지, 공부나 운동이나. 놀이도 좋아."

몇 번을 물어도 아오키는 고개를 수그린 채 꿈쩍도 하지 않았다.

1분, 2분 시간이 흘러갔다. 교실 뒤에 주욱 늘어선 학부모들이 상황을 주시하고 있었다.

교사의 역량이 시험받는 상황이었다.

당연히 선생님은 조바심을 냈다.

"아무것도 없는 건 아니겠지?"

그만 목소리가 커지고 말았다.

다그치는 소리에 딱딱하게 굳어 버린 아오키의 몸은 한 마디만 더 하면 금이 가서 산산이 부서져 버릴 것 같았다. 바로 그때 교실 뒷문이 열렸다.

누군가 늦게 온 모양이었다.

선생님도 아이들도, 그리고 아오키도 그쪽을 돌아보았다.

우메하라에 따르면, 교실에 별안간 이 세상 사람이 아닌 뭔가가 내려온 것 같았다나.

수수한 차림을 한 많은 어머니들 사이에서 그 아름다운 여성은 눈이 번쩍 뜨일 정도로 선명한 달개비 색 기모노를 입고 있었다는 것이다. 그것은 감탄사가 새어나올 정도로 예쁜 파랑이었다고 황홀해하며 말했지만, 우메하라의 황홀한 표정은 좀 징그러웠다.

하지만 다음 순간, 이완됐던 얼굴 근육을 긴장시킨 우메하라는 천상의 색깔처럼 아름다운 그 달개비 색이 아오키에게 어떤 작용을 일으켜 주었다고 진지한 얼굴로 주장했다.

달개비 색에 감탄한 아오키는 튕기듯 일어나 "그림을 그릴 거예요."라고 말했다고.

"그치만, 그 사람, 아오키 엄마잖아."

호코가 김샌다는 듯이 말했다.

"어린애들은, 수업 참관에 엄마가 오면 좋은 모습을 보여 주기 위해 갑자기 손을 들거나 하는 일, 흔히 있잖아."

"아니에요. 아오키네 엄마가 어떻게 수업 참관에 와요. 아오키는, 엄마 없어요."

우메하라는 불만스러운 듯 볼을 부풀렸고, 호코와 나는 엉겁결에 얼굴을 마주 보았다.

몰랐다. 하긴, 당연한가. 일상 대화조차 할까 말까 한 아오키가, 우리에게 집안 얘기 같은 걸 할 리 없으니까.

그래도 짚이는 건 있었다.

그 9월의 바리케이드 봉쇄가 실패로 끝난 뒤, 우리 미술부원은 호출당한 부모와 함께 교장실에서 된통 혼나고 있었지만 아오키 집에서는 아무도 오지 않았었지…….

"어, 엄마 얘기는 그렇다 치고……."

호코의 목소리는 비밀 이야기라도 하듯 나직해졌다.

"아무리 예쁜 파랑이라도 그렇지, 색깔에 반응해서 사람이 별안간 활기차게 변할 리 없잖아."

아니, 없지는 않을 것이다. 병실 벽을 따뜻한 색으로 바꾼 뒤로 환자의 용태가 개선됐다는 이야기를 들은 적도 있고.

"아오키는, 색에 대한 감각이 보통 사람보다 몇 배나 예민하다고요."

전에 없이 우메하라가 그렇게 우겨 댔다.

"그래도 그렇지, 구사마 사쓰키의 빨간 옷을 봤다고 의욕이 생기다니, 소도 아니고."

아니, 소는 빨강에 흥분하는 게 아니거든. 투우사가 소의 코끝에 대고 팔락팔락 흔드는 천 조각의 움직임에 도발하는 거라고……, 뭐 지금 그딴 건 아무래도 좋다.

"우메하라의 의견, 상당히 본질을 꿰뚫고 있는 것 같은데."

음미하듯 나는 천천히 말했다.

"얼마 전에 아오키는, 구사마 사쓰키가 쓰는 색이 좋다고 말한 적도 있고."

호코는 "말도 안 돼."라고 중얼거렸고, 우메하라는 눈초리가 찢어지지 않을까 싶을 정도로 눈을 돌렸다.

둘 다 아오키가 자신의 감정을 말했다는 게 믿기지 않을 것이다. 하긴, 그땐 나도 무지 놀랐다.

둘의 시선이 아오키로 하여금 '좋다'라는 말이 나오게 한 인물 쪽으로 흘러갔다.

그런데 그 구사마 사쓰키는, 색이 엷다느니 어쩌느니 잘난 척하며 아오키에게 지적질을 하고 있었다.

파란 윤곽선은 멀리서 보면 그런대로 봐줄 만했지만, 가까이서 보면 셔터의 오목한 부분이 제대로 칠해지지 않았거나, 선의 굵기가 균일하지 않기도 했다.

상가 사람들의 마음에 들기 위해서는 일을 꼼꼼하게 해야 한다. 하지만 '손톱이 부러진다'느니 어쩌느니 하면서 손끝 하나 까딱하지 않는(보통은 작업 현장에 인조 손톱 따위 붙이고 오지 않는다고) 애한테, "매니큐어도 덧바르지 않으면 색깔이 예쁘게 나오지 않아." 따위의 말은 듣고 싶지 않았다.

"자기는 아무것도 안 하는 주제에!"

우메하라가 약이 올랐던지 구사마 사쓰키를 째려보았다.

"니가 왕이냐!"

"왕은 아니지만……."

내 가슴속 스크린에, 다시 시스티나성당에 〈천지창조〉의 천장화를 그리는 미켈란젤로의 모습이 나타났다.

"저 거만하고 잘난 척하는 느낌은, 딱 율리우스 2세네."

"뭔데요, 그 율리우스란 게?"

우메하라는 흥미가 동하는 모양이었다.

그래서 "율리우스 2세란, 미켈란젤로에게 바티칸의 시스티나성당에 천장화를 그리도록 명령한 로마 교황이야. 성격 급하기로 유명했나 봐. 그 율리우스 2세가, 미켈란젤로 혼자서 발판에 올라가 계속 고개를 쳐들고 고된 작업을 하는 현장에 들이닥쳐서 '대체, 언제 완성할 건가?'라고 재촉했대. 그렇잖아도 머리 아프고, 지치고, 짜증이 났던 미켈란젤로가 '제가, 다 됐습니다, 라고 할 때입니다.'라고 대답하니까, '빨리 완성시키지 않으면 자네를 발판에서 떨어뜨리겠네.' 그랬다나. 그런 일화가 있는 인물이야."라고 그동안 쌓아 온 지식 한 토막을 얘기해 줬다.

"그 미켈란젤로도 싸움꾼으로 유명해서, 율리우스 2세하고 꽤나 티격태격했던 모양이긴 하지만."

"아오키한테도 싸울 수 있는 근성이 있으면 좋을 텐데……."

우메하라가 딱하다는 듯 아오키에게 시선을 던졌다.

"어휴, 시키는 대로만 하고 있네요."

"그래도 싫어하는 것 같지 않잖아, 저 얼굴은. 굳이 말하자면, 좋아하는 것 같은데."

호코의 말대로 아오키는 구사마 사쓰키가 무슨 말을 할 때마다 희미하게 볼을 붉히고, 보일 듯 말 듯 기분 좋은 표정이었다.

"아오키 재, 혹시 구사마 사쓰키를 좋아하는 거 아냐?"

재미있어 하는 호코에게 우메하라가 발끈해서 부정했다.

"말이나 돼요? 저런 건방지고 제멋대로 구는 애를."

하지만 나는 '저 둘은 사랑한다기보다 서로의 개성을 인정해 주고 있는 거야.'라고 생각했다.

미켈란젤로나 율리우스 2세나 둘 다 이탈리아 르네상스가 자랑하는 위대한 예술가와 정치가이기 때문에, 그런 인물들을 예로 드는 것은 별로 내키지 않았다. 하지만 그 둘도 상대의 재능을 이해했고, 반발하면서도 마음속으로는 서로를 인정했기 때문에 〈천지창조〉라는 엄청난 작품이 탄생할 수 있었던 게 아닐까……. 그런 몽상을 하고 있는데 갑자기 호코가 현실로 돌이켜 주었다.

"구사마 사쓰키, 저대로 둬도 돼?"

"어, 어때서. 아오키의 소생을 돕고 있는 것 같은데."

잔뜩 찌푸린 구름이 하늘을 온통 뒤덮은 일요일. 텔레비전의 일기예보에서도 "오후 늦게 비가 내리겠습니다."라고 했다.

하지만 비가 내려도 작업은 할 수 있다. 현장이 아케이드여서 정말 다행이다.

오늘도 아침부터 페인트칠.

그래도 의욕이 지속되는 건 연필로 그리는 밑그림이나 윤곽선을 그릴 때와 다르게 색칠은 작업의 진척도를 실감할 수 있었고, 그로써 보람을 느낄 수 있었기 때문이다.

색상도 좋았다.

가스등의 노랑. 가게 앞 도로의 제비꽃 색. 별이 반짝이는 하늘의 코발트블루. 색채를 지배하는 파랑과 노랑이 보색이 되어 서로를 돋보이게 했다.

하긴, 당연히 구도는 물론 배색까지 거의 고흐의 〈밤의 카페테라스〉라서 좋은 거지만.

색이 들어간 덕분인지, 기분상 어제보다도 구경꾼의 주목도가 높아진 것 같았다. 아니, 어제보다 상가에 나온 사람이 많아진 느낌은 기분 탓?

많은 사람들이 셔터 앞에서 발길을 멈췄다.

어제 왔던 엄마와 아이가 오늘도 또 왔다. 집에서 일부러 가져왔는지 접이식 의자에 앉아 열심히 감상하는 할아버지. 말똥말똥 바라보던 어린아이가 자신도 그리고 싶다고 떼를 쓰는 데에는 진땀을 뺐지만, 잘생긴 오빠가 "좋은데."라고 칭찬해 준 말에는 지친 마음이 치유되는 것 같았다.

가게에 손님이 없는 오가타 코치는 이따금 얼굴을 내밀었다. 길까지 불거져 나가 작업하는 우리 때문에 영업에 방해가 될 법도 한데, 옆 세탁소 주인은 물을 쓸 수 있도록 가게의 수도에 호스를 연결해 주었다.

그런 친절이 몸에 사무치도록 고마웠다.

하지만 우리는 기계가 아니기 때문에 일에 대한 동기부여가 영원히 지속될 리는 없었다.

오후 3시 무렵이 집중력이 가장 떨어지는 즈음이다.

윤곽선 밖으로 불거져 나가지 않도록 조심해야 하는 색칠은 엄청난 집중력을 요했다. 아침부터 내내 긴장 속에서 작업한 탓에 그만 긴장의 끈이 툭 끊어져 버린 호코.

"아으!"

이노키(안토니오 이노키. 프로레슬링 선수-옮긴이)처럼 고함을 지르더니, "진짜 못해 먹겠어!"라며 하던 일을 팽개치고 조금 전 어디론가 내뺐다.

데생을 싫어하는 호코는 이런 진득한 작업에는 맞지 않다. 돌아오기나 할지, 걱정이다.

한편 우메하라는, "저는 허약한 오타쿠라고요. 날마다 이렇게 혹사당하는데, 먹지도 못한다면 일 못해요."라고 투덜거리면서 간식으로 받은 바나나며 크로켓을 흡입했다. 먹는 걸로 스트레스를 발산하는 건 좋지만 살이 더 찌지나 않을까 걱정이다.

나 역시, 엷게 칠해진 부분을 덧칠하는 단조로운 작업을 계속하자 점점 뇌가 졸아들고, 손놀림이 굼뱅이 같아졌다.

이렇듯 전선 이탈자가 속출하는 가운데, 단 한 사람 묵묵히 일을 하는 사람은 가장 체력이 약한 아오키. 지금도 옆에 있는 양동이에 손을 넣고 뭔가 하고 있다. 붓과 접시를 씻고 있는 거다.

아 그래, 오전에도 사용한 채 탁자 위에 방치해 둔 더러워진 접시와 컵이 어느새 깨끗해져 있었지.

사용한 붓은 그대로 두면 금세 굳어 버리고, 페인트를 섞어 여러 가지 색을 만들기 위해서는 늘 깨끗한 그릇이 필요하지만 하도 바빠서 씻어 두지 못했는데.

누가 했나…… 싶었는데 아오키였구나.

"팔레트하고 붓을 보면, 그 사람이 그림을 얼마나 좋아하는지 알 수 있지."

아오야마 전 부장도 그런 말을 했지만, 아오키는 가슴 밑바닥에서부터 그림 그리는 것을 좋아하는구나, 그렇게 감탄이나 하고 있을 때가 아니었다.

나도 분발해야지, 하고 계속 올려다보고 작업하느라 뻣뻣해진 목을 풀기 위해 빙글빙글 돌리고 있는데 시선 끝에 초록과 노랑 물방울무늬가 걸렸다.

사람들 틈에 섞여 있어도 두드러지는, 그런 튀는 옷을 입을 사람은 그 애밖에 없다.

오늘 사복 패션의 주된 색상은 바로 고흐.

귤 향이 날 듯 상큼한 라임 그린 바탕에 노란 물방울무늬가 흩날리는 점퍼드레스를 에메랄드그린의 니트와 맞춰 입고, 머리에는 해바라기 무늬가 선명한 손수건을 두른 구사마 사쓰키.

어제보다는 기능적인 복장이지만 여전히 더럽히면 안 될 것 같은 분위기를 풍기는 걸 보면 오늘도 작업을 거들 마음은 없는 모양이었다.

그럼 뭣 하러 왔냐, 그렇게 마음속으로 따져 물었을 때, 구사마 사쓰키의 옆얼굴이 여느 때와 다른 것을 알아차렸다.

율리우스 2세는 아니지만 거만하고 기품이 산처럼 높아서 자신은 그저 그런 중학생과는 다르다는 선민의식을 노골적으로 드러내는 구사마 사쓰키가, 어쩐 일인지 묘하게 무방비 상태였다.

뭐지, 셔터 그림에 넋 놓고 있는, 빈틈 숭숭한 저 표정은.

재, 어쩌면 거들 마음이 없는 게 아닐 수도 있어. 우리와 함께 작업하고 싶은 건지도 몰라. 저거 봐, 옷 색깔이 고흐인 데다 뭣보다 오늘은 인조 손톱이 아니잖아.

하지만 성격상 솔직하게 나오지 못하는 거다.

이제 와서 "사쓰키도 하고 싶어."라고는, 자신의 입으로는 죽어도 말 못할 테지…….

"함께하지 않을래?"

한 번 더 그렇게 말해 볼까. 하지만 재한테 말을 잘못 붙였다가는 도리어 반발을 살 텐데.

망설이는데 바로 그때, 내 시야를 가로질러 터벅터벅 걸어간 것은 아오키였다. 어, 하는 사이에 아오키는 구경하는 사람들 사이로 들어가 구사마 사쓰키 앞에 서더니 그 손을 잡았다.

나는 놀라 자빠질 뻔했다.

놀란 건 나만이 아니었다. 우메하라도 바나나를 입에 문 채 그대로 얼어 버렸다. 하지만 더 놀란 건, 다짜고짜 손을 잡힌 당사자였다.

쩔쩔매는 구사마 사쓰키.

그 손을 잡은 채 마치 주인의 웃옷 자락을 문 강아지처럼 잡아끄는 아오키.

앞으로 고꾸라질 듯하며 끌려가 셔터 앞에 다다른 구사마 사쓰키가 아오키의 손을 뿌리쳤다.

"아, 왜 이래!"

어떻게 될 것인가, 숨 쉬는 것도 잊은 채 상황을 지켜보는 나. 꿀꺽 바나나를 삼킨 우메하라.

인상을 팍팍 쓰고 있는 구사마 사쓰키에게 아오키가 슬쩍 내민 것은 방금 전에 씻어 놓은 붓.

눈을 홱 돌려 버린 구사마 사쓰키가, "이런 나한테 페인트공 흉내를 내라는 거야?"라고 쏘아붙일 태세로 턱을 돌린 채 인조 속눈썹을 치켜세웠다.

그러나 아오키는 물러서지 않았다. 말없이 붓을 내미는 그 모습은 마치 오래오래 마음에 두고 있던 선배에게 편지를 건넬 결심을 한 1학년 여학생 같은, 지켜보는 나까지 손에 땀을 쥐게 하는 간절한 모습이었다.

풍성한 인조 속눈썹이 위아래로 깜빡깜빡 움직였다…… 그러더니 순식간에 구사마 사쓰키의 표정이 와그르르 일그러졌다. 화난 것 같기도 하고, 웃는 것 같기도 하고, 기쁜 것 같기도 하고, 괴로운 것 같기도 한 표정.

바로 자존심이란 갑옷이 벗겨진 순간이었다.

어디까지 달려갔던지, 비에 젖어 돌아온 호코가 있을 수 없는 일이라도 목격한 듯 잠시 어안이 벙벙해 있었던 건, 맥주 상자 위에 올라간 가냘픈 소년과 호리호리하고 키 큰 소녀가 나란히 가스등 불빛을 머스터드 옐로로 칠하고 있었기 때문이다.

빗소리가 들린다.

아케이드 밖은 달도 별도 없는 비 내리는 밤. 하지만 이곳은 크리스털을 흩뿌린 듯 별이 빛나고 있다.

가스등 불빛을 받은 다마코 할머니네 가게는 금빛으로 빛난다. 도로에 쏟아지는 가스등 불빛은 납작한 제비꽃 색 돌을 비추고 있다. 가게 앞에서는 할머니가 초록빛이 감도는 하얀 앞치마를 펼치고 있다. 그 옆에 착 달라붙어 있는 여자 아이는 어릴 때의 나. 하얀 앞치마 안에는 알록달록한 비즈가 한가득. 그 비즈는 반짝반짝 하늘로 올라가 무수한 별이 된다. 몸은 무지 피곤했지만, 머리는 운동경기를 끝낸 것처럼 상쾌했다.

많은 일들이 있었지만 어쨌든 나흘 만에 끝낼 수 있었던 건 순전히 부원들 덕분. 혼자서 셔터 청소를 했던 그날 밤 일이 왠지 꿈만 같았다.

남은 건, 이 그림을 싱글벙글상가번영회 사람들이 마음에 들어 할 것인가, 인데…….

"이야, 이 정도면 다마코 할머니도 좋아하시겠는걸."

끝까지 함께해 준 오가타 코치의 말에서는 왠지 좋은 결과를 기대해도 될 것 같은 느낌이 들었다.

성공적으로 시험에 통과한 미술부는 정식으로 일을 의뢰받았다.

주문은 빈 점포 셔터 다섯 개에 그림을 그리는 것. 보수는 한 점포당 2만 엔. 우리에게 10만 엔은 엄청난 거금이지만 오가타 코치는 미안했던지, "1인당 2만 엔은 적어서……. 그 대신이라고 하면 뭐하지만." 하고 두 팔 걷어붙이고 돕겠다고 약속해 주었다.

덕분에 야간작업에 수월하게 조명을 밝혀 주기로 했고, 셔터 청소도 상가번영회 사람들이 미리 해 주기로 했다.

셔터 청소 작업이 없어지자 작업이 무척이나 수월해졌다. 어쨌거나 우리에겐 시간이 없으니까.

우리의 최종 목표는 학생 예술전. 셔터 아트는 그것을 위한 수단이었다.

가능한 빨리 셔터 다섯 개를 완성하고, 자금이 손에 들어오면 냉큼 오브제 제작에 들어가야 한다.

시간과의 싸움이다.

이리하여 미술부는 쉴 틈도 없이 월요일 방과 후부터 셔터 아트 제2라운드에 돌입.

"세쓰코, 잠깐."

수요일, 과학 수업이 끝나고 C동 실험실에서 나오는 나를 미술부 지도교사인 모딜리아니가 불러 세웠다.

평소에는 어디를 보고 있는지 알 수 없는 모딜리아니의 눈빛에 희미하게 긴장감이 감돌았다.

보안 시스템이 작동하여 방어 모드로 들어간 나에게, 모딜리아니는 입가에 애매한 웃음을 띠우고 물었다.

"요즘 보충수업을 받지 않는 것 같던데, 네가 수업을 다 땡땡이치다니 참 별일이구나. 무슨 일 있어?"

무슨 일 있냐고요? 당연하죠, 알바하느라 바빠서 보충수업 따위 할 시간이 없답니다.

제1라운드에서 셔터 아트의 요령을 터득한 우리, 제2라운드는 공동 작업을 하지 않고 각자 한 점포씩 맡아서 개인 제작을 하기로 했다.

그러는 편이 의견을 일일이 모으는 수고가 덜어져 효율적이고, 그보다도 이 인물들로 협동 작업 따위 가능할 리 없기 때문이었다. 그렇다면 차라리 각자 좋아하는 그림을 그리자고 이야기가 정리된 거다.

자유롭게 그릴 수 있는 건 좋았다. 하지만 개인 제작을 한다는 건, 나처럼 세밀하게 그리는 타입은 남보다 많은 시간을 들여야 한다는 뜻이기도 했다.

"땡땡이친 거 아니에요."

나는 단호하게 말했다.

"학원 수업이랑 겹쳐서 결석한다고 말했는데요."

참고로 말하자면, 학원 수업과 학교 보충수업 시간이 겹칠 때는 학원 쪽을 우선해도 된다(학원은 학원비를 내니까).

그러나 나는 학원에 다니지 않는다.

"그래도 말이지, 보충 담당 선생님들 말씀을 들어 보니까, 다른 미술부원들도 수업에 나가지 않는 것 같던데."

"그래요?"

남일처럼 반응하자 모딜리아니가 얼굴을 찡그렸다.

"미술부에서, 무슨 일, 있었던 거 아냐?"

"무슨 일이 있었지?"라고 묻는 말에 "있었어요."라고 솔직하게 대답할 정도로 나는 얼뜨기는 아니다.

"무슨 일, 이라뇨? 그게 무슨 말이에요?"

도리어 따지고 들자 모딜리아니는, 아니, 그건……, 하고 말을 못했다.

"그, 그건, 그러니까……, 요전에, 교장 선생님한테 '대상을 타겠다'고 큰소리쳤잖아……, 그래서 또 무슨 일을 시작한 게 아닌가 싶어서……."

"전, 그런 말 안 했어요."

단칼에 부정.

"그런 말을 한 건, 구로다 선배예요. 아무리 그래도 대상을 어떻게 타요. 제가 진심으로 그런 말을 할 리 없잖아요."

아니다, 우리는 진심이다.

자신이 맡은 점포가 원래 비디오 대여점이었다는 걸 알고 갑자기 진지해진 우메하라는, 거대한 로봇이며 거대한 젖가슴을 가진 고양이 귀 소녀 따위가 등장하는 자신만만한 애니메이션 그림으로 오타쿠 월드를 설계 중이다. 제1라운드에서는 불평만 늘어놓던 호코도 자유롭게 그리기로 결정되자 진지한 모습으로 돌변했다.

하지만 나는 모딜리아니를 향해, 구름 한 점 없는 낭랑한 목소리로 말했다.

"아무것도 안 해요."

하는데 하지 않는다고 우길 거면 이 정도는 당당하게 큰 소리쳐야지.

그래, 우리는 하고 있다. 열정적으로 하고 있다, 그 의욕 없는 구사마 사쓰키조차도……, 뭐 성층권을 뚫고 나갈 정도로 자존심 강한 사람을 작업에 동참시키느라 꽤나 애먹었지만.

대놓고 말할 수는 없지만, 구사마 사쓰키는 뜨개질이나 옷 만드는 것은 잘하지만(놀랍게도 그 애가 입는 옷은 거의 직접 만든 것이었다) 그림 그리는 건 젬병인 모양이었다.

그런 사실이 알려지면 평소에 그렇게 잘난 척했던 체면에 쪽팔려 죽을 것이다. 그렇기 때문에 우리가 하는 일에 신경이 쓰이면서도 그렇게 뒤틀린 태도로 나왔을 것이다.

하지만 뭐, 그런 애를 동참시키는 데에는 나름의 방법이 있다.

자랑스레 입고 온 니트 원피스나 점퍼스커트를 칭찬해 주며 자존심을 자극하여 상대방이 썩 싫지 않은 표정을 보일 때, "특히 그 물방울무늬의 센스가 최고."라고 극찬. 완전히 우쭐해진 구사마 사쓰키가, 좀처럼 마음에 드는 옷감이 눈에 띄지 않아 도매점을 여기저기 찾아다녔다, 그런 얘기를 지껄일 정도로 말려들어 오는 때를 봐서, "그 물방울무늬 같은 디자인의 셔터가 있으면 재미있겠다." 은근슬쩍 핵심을 말하는 고도의 테크닉으로 마음을 움직여 놓은 것이다.

"하지 않는다면 다행이지만……."

내가 그렇게 딱 잡아뗐는데도 모딜리아니는 여전히 석연치 않은 눈치.

"그런데 왠지 아오키도 눈치가 이상하던데."

자신의 교실로 등교하지 않는 아오키가 학교에서 지내는 곳은 C동 4층 미술 교사실. 결국, 아오키가 학교에서 어른을 접할 유일한 기회는 모딜리아니뿐이다.

"평소 같으면 오전에는 유화를 그리거나 드로잉을 하거나 할 텐데, 요새는 책상에 엎드려서 정신없이 잠만 자고 오후에도 멍하니 있는 걸 보면, 아무래도 좀 피곤해 보이거든."

아오키는 스포츠 용품점이었던 세로 3미터, 가로 5미터는 됨직한 가장 큰 셔터를 맡았다. 처음에는 그렇게 넓은 곳을 아오키 한 사람에게 맡겨도 될까 싶어 약간 걱정스러웠지만 주변 시선의 압박을 극복한 아오키에게는 활기가 있었다. 연습할 것도 없이 한 번에 승부. 밑그림 따위 일절 없이 그리는 모습은 과연 미술부의 미켈란젤로.

그러나 어쨌거나 대형 화면이었다. 그 가녀린 몸으로 날마다 방과 후부터 밤 늦게까지 쉬지 않고 계속 그리는 중노동을 하기 때문에 당연히 피곤할 거다.

"본인한테 물어봐도, 멍하니 아무 말도 안 하고……. 낯빛도 안 좋아 보이고, 무슨 일 있었던 거 아냐?"

모딜리아니는 살피듯 내 얼굴을 들여다보았다. 평소에는 대충대충 잘도 넘어가더니 오늘은 유독 집요했다.

"괜찮아요, 걱정 마세요. 아오키는 원래 저혈압에 빈혈기도 있는 데다, 체력도 약하고 끈기도 없어서 그럴 거예요."

이 얘기, 본인이 들으면 발끈하겠지.

"꼭 약한 체력 때문이라기보다, 그 애는 섬세해요. 비유하자면 요정 같은 애거든요."

이 얘기, 본인이 들으면 고민스럽겠지.

"요정은 생명력이 약해요. 그래서 잠도 남보다 곱절이나 더 자야 하고요. 하루 열 시간 정도 자지 않으면 못 견뎌요."

모딜리아니는 아직도 무슨 말인가 하고 싶은 것 같았지만 수업 시작종이 울린 것을 핑계로 나는 그 자리에서 도망쳤다.

모딜리아니는 우리의 적은 아니다. 하지만 아군도 아니다. 그건, 그 사람은 여차하면 전선에서 도망쳐 버릴 것 같으니까. 그런 사람한테 솔직하게 털어놓을 순 없다.

제2라운드가 시작되고 오늘로 나흘째.

우리의 셔터 아트는 저녁 때, 정해진 시간에 장을 보러 오는 아주머니들이 "재미있게 보고 있어." "열심히 해."라고 말을 건네고 갈 정도로 이제는 상가에 익숙한 풍경이 되었다.

그런 아주머니와 아이를 데리고 나온 젊은 주부들에게 인기를 끄는 것이 구사마 사쓰키의 셔터.

밝은 호라이즌 블루 바탕에 고양이 발바닥 같은 모양(본인은 꽃을 그린 모양이다. 구사마 사쓰키는 정말 그림에는 젬병이다)을 되는대로 페인트칠해 나갈 뿐인데도 햇살 가득한 꽃밭 같았다.

이런 프린트 커튼을 방에 걸어 두면 멋지겠다, 멋지게 차려입고 외출하고 싶다, 그런 기분이 들게 하는 화사하고 밝은 그림이지만, 이토록 본인의 캐릭터와 거리감이 있는 작품도 아마 드물 거다.

그 모두가 색상 선택이 절묘하기 때문일 것이다. 구사마 사쓰키는 타고난 배색 감각을 지닌 '색깔의 마술사'였다. 더 이상 우쭐대면 곤란하기 때문에 본인에게는 그런 말까지는 하지 않지만.

어린아이들의 절대적인 지지를 받는 건 우메하라의 셔터.

방과 후, 초등학생 남자애들(그리고 일부 마니아)이 우메하라가 그리는 게임과 애니메이션 캐릭터를 구경하기 위해 모여들자, 상가는 왁자지껄해졌다.

뜻밖에 초등학생(저학년 남자애들뿐이지만)들이 우메하라를 "아저씨, 아저씨." 하고 부르며 잘 따르는 것 같았다.

다행이다, 우메하라에게 우리 말고도 친구가 생겨서.

하지만 역시 아이들은 신랄했다.

가슴골을 강조한 포즈의 애니메이션 캐릭터를 그릴라 치면 "변태!" "아저씨, 변태." "변태 아저씨."라고 합창을 해 댔다.

11월인데도 방금 냉장고에서 꺼낸 맥주병처럼 땀을 뻘뻘 흘리는 우메하라는, "난, 아저씨 아냐!"라고 절규하면서도 무척이나 기분 좋은 표정이었다.

한편, 생선 가게의 셔터를 까맣게 칠한 호코. 그 까만 화면에 무엇을 그릴 생각인지 접이식 탁자 위에 레이아웃 용지며 자, 컴퍼스, 각도기, 연필 따위를 늘어놓고, 문자도안 대사전과 씨름하며 오로지 글자 디자인에만 골몰했다.

명조체와 고딕체, 행서체 같은 대중적인 서체에서 스모 선수들의 서열을 매긴 일람표에 쓰이는 간테이류[勘亭流]로 바꿨다가, 입체적으로 바꾸고 또다시 선염법으로 했다가 삐죽삐죽 튀어나온 서체로 바꾸고……, 그렇게 수없이 시행착오를 거듭한 끝에 어쨌든 서체가 결정된 모양이었다.

복사기로 확대해 온 문자도안을 셔터 한가운데에 붙인 다음, 에어브러시로 페인트를 뿌리고 시트를 떼어 내자, 거기에 나타난 것은 검은 바탕에 흰색 글자.

'어(魚)!'

'어!'라니, 말장난인가?

"이런 건, 어떻게 최소의 노력으로 최대의 효과를 올리느냐에 달렸다고."라는 호코와는 반대로 나는 수고를 아끼지 않았다.

내가 맡은 셔터는 채소 가게. 채소 가게라고 하면 자쿠추(이토 자쿠추, 근세 일본의 화가-옮긴이)다. 데생력이 뛰어난 자쿠추는 나의 우상. 그에게 존경의 마음을 담아 '채소의 난무(亂舞)'로 가기로 결정한 것까지는 좋았는데, 수묵화풍 터치 때문인지 셔터 주위에 몰려든 건 할아버지 할머니들뿐.

노인들은 "그렇게 굵은 건, 미우라 무지." "파는 역시 시모니타야."라며 내 그림을 비평하면서도 "옛날에는 이쯤에 평상을 내놓고 장기를 두곤 했었지."라며 옛이야기에 꽃을 피웠다. 주로 노인층이 찾는 상가의 이발소와 옷 가게가 폐업해 버린 걸 한탄하며, "역 앞 슈퍼에서 모모히키(타이츠 비슷한 바지 모양의 남성용 의복-옮긴이)는 팔아?" 하고 나에게 묻기도 했다.

근데 '모모히키'란 게 뭐지?

5일째. 새벽 5시에 자명종이 울렸다.

어젯밤, 집에 돌아온 것이 10시. 그제야 밥을 먹고 목욕을 했다. 그리고 숙제를 마치고 잠자리에 든 것이 2시인데…….

일찍 일어나는 건 이만저만 힘든 게 아니었다. 따뜻한 이불 속에서 나오기 싫었다.

하지만 아오키와 약속했는데. 간단한 호코의 셔터와 달리 내 채소 그림은 손이 많이 간다. 아오키가 아무리 천재라도 그 커다란 캔버스를 혼자서 끝내는 건 시간이 넉넉해도 버거울 거다. 둘 다 방과 후 시간만으로는 기간 안에 끝내기 어려웠다.

하지만 엄마 아빠에게는 어떻게 설명하나.

지금까지 야간 알바는 완벽한 핑곗거리가 있었다. 역 앞에 새로 생긴 학원에서 나눠 준 '무료 수업 접수 중'이란 전단지를 엄마에게 보여 주고 "시험 삼아 한 번 다녀 볼게."라고 속였는데, 무료를 강조한 것이 제대로 먹혔는지 엄마는 의심하는 눈치도 없다. 하지만 아침에 이렇게 빨리 학교에 갈 이유가 뭐 있나? 역시, 아침 훈련?

미술부도 운동부 동아리 못지않아졌구나.

아직 통근이나 통학 시간 이전이라, 사람이 거의 다니지 않는 상가는 아주 조용했다.

아오키는 먼저 와 있었다.

묵묵히 셔터를 향하고 있는 수도승 같은 등. 상가의 모든 셔터가 아오키가 휘두르는 붓 소리에 귀를 쫑긋 세우고 있는 듯했다.

"안녕." 하고 인사하는 것도 잊은 채, 나는 그만 넋 놓고 바라보았다.

선이 셔터 위를 질주하고 있었다. 드리블. 슬라이딩. 점프. 패스. 뛰어서 도약하는 나긋한 신체.

산천어가 재빠르게 청류를 헤엄쳐 가는 듯한 상쾌한 터치로 그려 낸 선수들은, 고대 그리스의 올림픽 선수처럼 아름다웠다.

초상화로 돈을 벌겠다는 동기는 불순했지만 운동부 남학

생들의 몸을 데생하면서 아오키 나름으로 영감을 받았을 것이다. 역시 회화 조형의 기본은 인체 데생이다.

아오키의 그림을 보고 있자니 왠지 가슴이 설레었다. 학생 예술전 대상도 꿈만은 아닐 것 같은 기분이 들었다.

붓이 멈추고, 아오키가 깊이 숨을 내쉬었다. 내뱉는 숨이 하얬다.

운동부의 아침 훈련과 다르게 이쪽은 몸을 움직이는 게 아니니까.

한겨울처럼 코트에 모자에 목도리까지 두르고 나왔는데도, 오가타 전자 상가의 할로겐 스토브에 손을 쬐어 가며 작업하던 밤보다 아침 추위가 더 매서웠다. 가만히 서 있는데도 손가락 끝에서 냉기가 스멀스멀 기어 올라왔다.

"안녕."

내 목소리에 돌아본 그 얼굴이 평소보다 훨씬 하얬다, 아니 창백했다.

"춥지?"

아오키가 고개를 끄떡했다. 교복 깃 위로 드러난 목이 쥐면 부러질 듯 가늘어서 마음이 짠했다.

"목도리, 안 하고 왔어?"

아오키가 눈을 감았다.

내 목에 두른 긴 목도리를 풀어 "자." 하고 내밀자 수줍은 듯 아오키의 입이 벌어졌다.

"괜찮아요. 그리는 거, 즐거우니까요."

어?

방금, 말, 매끄럽게, 하지 않았어?

그것도, 남의 눈을 보고.

아오키의 눈동자는 반짝반짝 빛났고 의욕에 넘쳤다. 이만큼 의욕에 차 있으니까 추워도 괜찮을 거다. 낯빛이 안 좋아 보이는 건, 가로등이 꺼진 아침의 아케이드가 어둑어둑한 탓이다, 틀림없다.

"10만 엔, 들어오면 드디어 학생 예술전이야. 어떤 오브제를 만들까, 생각만 해도 마음이 설레."

왠지 나까지 기분이 좋아서 나도 모르게 목소리가 들떴다.

"아오키, 넌 어떤 거 만들고 싶어? 아이디어 좀 많이 내줘. 나, 엄청 기대하고 있거든."

투명할 정도로 창백했던 볼을 발그레 물들이고 다시 고개를 끄떡거린 아오키. 후우, 하고 내뱉은 하얀 입김이 찬 아침 공기 속에 녹아들었다.

수면 부족과 아침 훈련 탓에 졸려서 미칠 것 같았다.

2교시. 국어 시간에 졸다가 감점을 당했다. 그 때문에 학생부 점수가 3점 내려갔다.

그런데 3교시 시작과 동시에 일찌감치 숙면을 취하는 바람에 영어 선생님에게 꾸지람을 듣고 말았다.

"세쓰코, 너 요즘 정신이 해이해진 거 아냐?"

그래서 4교시에는 죽기 살기로 눈꺼풀을 끌어 올리고 있었지만 의식은 이따금 날아가곤 했다. 거의 눈뜬 채 수면 상태.

4교시 종료 벨이 울린 뒤에도 반각 반수면 상태로 멍하니 있자 우리 반 애가 말했다.

"세쓰코, 재섭는 1학년이 널 불러."

복도로 눈을 돌리자, 평소와 달리 진지한 얼굴로 우메하라가 서 있었다.

"큰일 났어요. 아까 모딜리아니가 수업 끝나고 미술 교사실에 갔다가 쓰러져 있는 아오키를 발견하고……, 차에 태워 병원으로 갔대요."

잠이 확 달아났다.

‘아오키 시게오’라는 이름표가 붙은 병실 문을 노크했다. 잠시 사이를 두고 문이 열렸다. 얼굴을 내민 건 아오키와 닮은 점잖게 생긴 할머니였다.

아오키는 마침 링거를 꽂은 채 잠이 들어 있었다.

넷이서 돈을 모아 산 꽃다발을 건네고 돌아오려는데 할머니가 말했다.

“잠깐 휴게실에 가겠니?”

문 너머로 언뜻 모습이 보인 할아버지는 우리 쪽으로는 한 번도 얼굴을 돌리지 않았다.

저녁 면회 시간대라서 휴게실에는 먼저 와 있던 사람들이 몇몇 있었다.

구석에 있는 긴 의자가 비어 있었다. 자리가 좁긴 했지만 우리는 그 의자에 딱 붙듯해서 앉았다.

“너희들, 미술부지?”

할머니는 다시 우리를 찬찬히 둘러보고, “우리 애가 학교에 가는 걸 싫어하지 않게 된 게, 너희들이 친구가 돼 준 덕분이란다." 하고는 고맙구나, 라고 말했다. 할머니의 눈이 촉촉이 젖어들었다.

'고맙구나'란 말이 마음에 찔려, 나는 그만 고개를 떨구고 말았다.

"얘들아, 너무 걱정하지 마라."

치리멘(바탕이 오글오글한 평직의 비단-옮긴이)처럼 오글쪼글 주름진 할머니의 입가에서 조용히 말이 흘러나왔다.

"무슨 일인지, 우리 아오키가 요새 피곤했나 보더구나. 덜컥 감기에 걸려 버렸지 뭐냐……. 의사 선생님이, 저 애는 몸도 약하고 저항력도 없어서 폐렴이 오면 안 된다고 해서. 그래서 한동안 입원하게 된 것뿐이란다."

우리들 중 딱 한 사람, 할머니와 얼굴을 아는 우메하라가 입안으로 웅얼웅얼 뭐라고 중얼거렸다.

무슨 말인지 알아들을 수 없었지만 할머니는 짐작으로 알아들었는지, "아니, 아니다. 네 탓이 아니야. 우리 애가 수업도 못 듣는데, 네가 공부를 봐주니 네게 감사해야지."라고 말했다. 할머니의 얼굴에 약간 웃음기가 돌았다.

아오키는 우메하라 집에서 공부한다고 핑계 댔던 것이다. 하지만 아오키네 할아버지와 할머니는 밤 8시면 잠자리에 들기 때문에 손자가 몇 시에 돌아오는지, 둘 다 정확히 몰랐던 것이다. 만약, 10시에 귀가한다는 걸 알았다면 절대 허락해 주지 않았을 것이다.

그대로 더 앉아 있다가는 거짓말이 탄로 날 것 같았다.

"조심해서 가거라."

서로 눈짓을 하면서 일어난 우리를 할머니는 병동 엘리베이터까지 배웅해 주었다.

"고맙게 문병 와 줬는데 얼굴도 못 보고, 미안하구나. 우리 아오키를 잘 부탁하마."

우리에게 머리를 숙이고 있는 할머니 앞에서 엘리베이터 문이 닫혔다.

내내 숨을 참고 있었던 것처럼 누가 먼저랄 것도 없이 커다란 한숨을 내쉬었다. 모두들 말이 없었다.

재빨리 1층 접수창구를 지나서 밖으로 나와 병원 건물을 돌아보았다. 회색 건물 5층, 아오키의 병실 유리창에 저녁 햇살이 반사되었다. 해가 지고 있었다.

오렌지 빛으로 빛나는 창문을 올려다보면서, "아오키 할아버지는." 하고 호코가 입을 뗐다. "우리를 싫어하시나."

"우리, 라기보단." 우메하라가 대답했다. "미술부를 싫어하는 거 아닐까요?"

"그래?"

"어쩐지 짐작이 그래요. 아오키는, 집에서는 그림을 그리지 않는 것 같았으니까."

그 말이 사실이라면, 할아버지는 아오키가 쓰러진 이유를 알면 어떻게 생각할까.

과로……라니, 내 탓이다.

나는 모딜리아니의 말을 흘려들었다. 오늘 아침, 아오키의 얼굴이 그토록 창백했는데, 아케이드가 어두컴컴하기 때문이라고 대수롭지 않게 넘겼다. 눈동자가 반짝반짝 빛난 걸, 의욕이 충만한 탓이라고 멋대로 해석했다. 지금 생각하니, 열 때문에 눈빛이 촉촉이 젖었던 건데.

미술부를 지킬 생각만 하고, 부원을 배려하지 못했다.

"미술부를 지키기 위해 대상을 타겠다." 내가 그런 말을 꺼내지 않았으면 일이 이렇게 되지 않았다.

복부를 가격당한 것처럼 후회의 통증이 서서히 파고들어 엉겁결에 나약한 소리를 내뱉고 말았다.

"나는 부장 실격이야."

"뭐어?"

호코가 갑자기 무슨 잠꼬대 같은 소리냐는 표정으로 나를 보았다.

"아니, 그러니까, 부원의 건강도 챙기지 못하고, 부장으로서 최악이다 싶어서."

"그 말은, 아오키가 쓰러진 게 네 탓, 이란 뜻?"

"아오키가 무리한 건 나 때문이거든. 몸이 약한 걸 알면서도 매일 밤 추운 바깥에서 그림을 그리게 했어. 천재니까 할 수 있을 거야, 그렇게 부추기면서 가장 큰 셔터를 맡겼고. 오늘도 아침 훈련까지 시켰으니까."

"뭐 그런 일로 끙끙대고 그래. 아니 그보다, 너, 그런 캐릭터 아니잖아? 목적을 위해서는 수단을 가리지 않고 후회도 반성도 않는, 그런 애 아니었나?"

아무리 위로랍시고 하는 말이라지만, 그렇게 말하는 건, 좀 아니지.

"그래요. 아오키도 억지로 시켜서 하지는 않았을 거예요. 하고 싶어서 한 거라고요. 그러니까 선배님도, 어울리지 않게 고민하지 말고 캐릭터대로 밀고 나가세요."

아. 우메하라에게까지 이런 말을 듣는 나란.

"그보다, 쓰러질 정도로 애쓴 아오키를 위해서라도 우리한테는 해야 할 일이 있는 거 아니에요? 그리다 만 셔터들이 우리를 기다리고 있다고요."

우메하라가 말하지 않아도 나도 그건 알고 있다.

여기서 싱글벙글상가에 가려면, 병원 앞 정류장에서 버스를 타고 역 앞을 지나 20분쯤 가면 된다. 지금 곧장 간다면 시간은 아직 충분하다…… 그거야 알지만, 나도 기운 빠졌다. 아오키 때문에 그림 따위 그릴 기분이 아니었다.

그런 나를 다그치듯이, "아오키의 셔터는 아직 색칠을 하지 않았어."라고 말한 건 구사마 사쓰키였다. "그거, 어떡해?"

내 그림도 계속 그릴 기력이 없는 나에게 어떡하냐고 물어도, 나 역시 그런 대작은 엄두가 나지 않았다.

다 틀렸다.

너무 절망스러워서 툴툴 털고 일어설 수가 없었다. 셔터뿐 아니라 정작 중요한 오브제를 만들 의욕마저 사라져 버릴 것 같았다. 아니, 뭘 만들어야 할지도 모르겠다.

한심하다. 대상을 타겠다고 큰소리 뻥뻥 쳐 놓고는. 뭘 할지, 종잡지 못하고 있다니.

그닥 인정하고 싶지는 않지만 우리에게는 아오키 같은 재능이 없다.

나는 사실적인 사람이기 때문에 보이는 것밖에 그리지 못한다. 확실하게 알지 못하는 것은 그리지 못한다. 하지만 아오키는 내면이 우리가 알지 못하는 것들로 가득 차 있고, 그

것을 표현할 수 있는 애다.

나는 무의식중에 아오키에게 의지했던 것 같다. 아오키의 재능이 있으면 어떻게든 될 거라고 생각했던 거다.

"……평붓이 망가졌어."

생각난 듯이 나는 말했다.

"화방에 들렀다 갈 테니까, 너희는 먼저 가 있어."

미안. 거짓말이야. 더는 너희들에게 무기력한 내 모습을 보여 주고 싶지 않아.

혼자서 역 앞 쇼핑몰을 어슬렁어슬렁 돌아다녀 봤지만 기운만 더 빠졌다. 결국 터벅터벅 상가에 돌아온 건 모두 돌아간 뒤였다.

셔터 앞에 섰지만 도무지 마음이 내키지 않았다.

귀가 길을 재촉하는 사람들의 발소리를 등으로 들으면서 내 그림을 멍하니 바라보고 있는데, "다른 애들도 벌써 다 집에 갔고." 문 닫을 채비를 하던 술 가게 아주머니였다.

"오늘은, 그림 안 그리나 보구나?"

셔터에 그림을 그린 지 9일. 7시 전에 끝난 건 오늘이 처음이다.

뭐, 남 얘기 할 처지가 아니다.

부원들을 이런 일에 끌어들인 장본인이 이런 꼬락서니인데 누구라도 의욕을 잃겠지.

이 계획, 처음부터 무리였을 수도……. 한없이 약해져 가는 내 귀에 들은 적이 있는, 따분한 목소가 걸렸다.

“아무것도 안 한다더니, 하고 있구먼.”

쭈뼛쭈뼛 어깨 너머로 눈을 돌리자, 그 사람이 근심 어린 얼굴로 서 있었다.

불행은 한꺼번에 찾아온다더니, 그 말은 정말이었다.

“아, 아니에요, 이, 이건, 그…….”

무슨 말로 얼버무려야 할까, 마음이 조마조마해서 핑곗거리 한 마디 떠오르지 않았다.

“그러니까, 이건, 그게……, 상가 아저씨들이 도와 달라고 해서 하는 거지, 알바 아니에요.”

아, 무슨 말을 하는 거야. 그렇게 말하면 알바한다고 자백하는 꼴이잖아.

모딜리아니는 걱정스런 얼굴을 더더욱 근심의 빛으로 물들이고, “나는 다만, 교사 생활을 평온무사하게 마치고 싶을 뿐인데, 너희들은 끊임없이…….” 하고 서글픈 듯 중얼거렸다.

틀렸다, 다 끝나 버렸다.

이제 교장에게 알바한 것이 들통 나 버릴 거다. 퇴출의 갈림길에 서게 된 건, 초상화를 판 것이 탄로 난 탓이었다. 두 번은 봐주지 않을 거다.

이제 다 글렀다.

내 머릿속에서 생각할 수 있는 모든 나쁜 예상이 날뛰는 동안, 모딜리아니는 조명에 비친 셔터를 응시한 채 잠자코 서 있었다.

천하의 모딜리아니도 화가 나겠지.

그런데 작업이 중단된 아오키의 셔터를 올려다보며 "으음." 하고 신음하는 모딜리아니.

"이거 굉장한데. 마티스의 〈댄스〉처럼 심플하면서도 시케이로스의 벽화만큼이나 박력 있어."

뭔 말?

"아, 이 수묵화풍 채소 그림도 좋고, 애니메이션도 재미있어. 저것도 앤디 워홀의 〈꽃〉보다 더 대중적이고."

모딜리아니는 우리가 그림을 그린 셔터 사이를 마치 꽃밭을 날아다니는 나비처럼 왔다 갔다 했다.

"이 타이포그래피가 또 악센트가 돼서 전체적인 긴장감을 주고 있고."

그만, "헐!" 하고 소리치고 말았다.

"'어!'는, 그냥 말장난 아닌가요? 그건 아트가 아니잖아요."

"말이나 문자를 이용해서 작품을 발표하는 아티스트도 있으니까, 이것도 훌륭한 예술이야."

"선생님, 혹시 칭찬하는 거예요?"

모딜리아니의 얇은 입술의 양끝이 느슨해졌다.

"응. 모두 아주 좋아. 저마다의 개성이 드러나 있고, 구김살 없고, 즐거워."

표정 없는 모딜리아니의 얼굴에 보기 드물게 기쁨의 빛이 떠올라 있었다.

생각해 보니, 아오키도 이렇게 좋아하며 말했던가, "즐겁다."고.

그래, 나도 즐거웠다. 돈을 벌기 위해 시작한 일이었지만, 그리다 보니 점점 즐거워졌다.

"선생님은 아세요, 우리가 즐겼단 걸?"

"알지. 즐기면서 그렸으니까 좋은 작품이 된 거야."

하지만 다음 순간 모딜리아니의 느슨해졌던 입술이 굳어졌다.

"하지만 이거랑 그건 다르다."

모딜리아니의 말투가 딱딱해지자 나는 각오하고 눈을 감

았다.

"결국, 너희는 이 알바로 자금을 마련해서 학생 예술전에 출품할 오브제를 만들 생각이지?"

어떻게 알았어요? 오브제를 만들려는 것까지.

살짝 눈을 뜨자, 모딜리아니는 커다란 미술 가방 안에서 드로잉북을 한 권 꺼냈다.

"아오키를 병원에 데려다 주고 왔더니, 이게 책상 위에 펼쳐진 채 있었어. 아무래도 쓰러지기 직전까지 그렸던 모양이야."

그렇게 말하고 모딜리아니는 드로잉북의 마지막 페이지를 펼쳐 보였다.

그건, 그 비리비리한 아오키의 어디에서 이런 것이 나오는지 의아할 정도로 파격적인 그림이었다.

금강역사처럼 늠름한 몸. 보살처럼 우아한 얼굴. 여섯 개나 달린 팔, 어느 것은 활처럼 나긋하고, 어떤 것은 하늘을 찌르고 있고, 어떤 것은 주먹을 불끈 쥐고 있다. 그리고 당장이라도 바닥을 차고 뛰어오를 듯 단단히 힘주고 있는 두 다리.

"이거." 하고 모딜리아니가 귀퉁이에 갈겨쓴 글자를 가리켰다.

"아오키는 아직 글자를 제대로 못 써서, 처음엔 이 '학에 전오부재'가 무슨 말인가 싶었지. 그러니까, 이 그림은 학생 예술전 출품작의 밑그림이지?"

아.

내가 오늘 아침에 한 말을, 아오키는 또렷이 마음에 새겨 뒀던 거다.

드로잉북 속의 금강역사 같은, 보살 같은 사람의 눈동자는 진지한 빛을 띠고 나를 똑바로 응시했다.

아오키가 여기까지 했는데, 내가 기운 빠져 있으면 어떡해. 박차고 일어나야지.

"어떻게 된 거야, 어제는 그렇게 축 처져 있더니."

호코가 어이없어 할 정도로 단박에 기운을 차린 나는 토요일 하루 만에 내 셔터를 완성시켰다. 성난 파도와 같은 기세였다.

입원 중인 아오키의 셔터는 손이 비어 있는 사람이 색칠하기로 했지만, 아무도 손대지 못하고 있었다. 그야 당연하다, 아오키가 어떤 색을 칠할 생각이었는지 아는 사람이 없었으니까.

나는 색상 선택을 구사마 사쓰키에게 맡기자고 제안했다.

“그런 애한테 맡겼다가, 아오키의 그림을 망치면 어떡하려고요.”라고 반발하던 우메하라도, “그럼, 네가 하던가?”라는 말에 입을 다물어 버렸다.

전권을 위임받은 구사마 사쓰키는 처음엔 망설이더니, “아오키의 색채 센스를 아는 건, 너밖에 없어.”라고 치켜세우자 하겠노라고 했다.

아니, 하지만 나는 진심으로 그렇게 생각했다. 구사마 사쓰키와 아오키 사이에는 내가 모르는 공감대가 있다고.

이리하여 일요일에는 모든 작업을 마쳤다.

모두가 함께 완성시킨 아오키의 셔터, 당사자가 마음에 들어 할지 어떨지는 모르지만 내가 보기에는 나쁘지 않았다. 우메하라도 딱히 불평하지 않았고.

우리는 10만 엔을 손에 쥐었다.

셔터 아트에 감동한 모딜리아니는 교장에게 발설하지 않겠다고 약속해 주었다.

동아리 방이 없는 우리에게 싱글벙글상가번영회 사람들은 오브제를 만들 수 있도록 빈 점포 하나를 아틀리에로 제공해 주었다.

우리에게는 만들어야 할 작품이 있다. 부원들과 돈과 장소도 있다. 부족한 건 시간뿐.

작품 제출 마감은 토요일 정오.
이제 6일밖에 남지 않았다.

다 같이 하나의 작품을 만드는 데 꼭 거쳐야 하는 과정은, 합의를 이끌어 내는 것이다.

우리는 아오키의 밑그림을 바탕으로 작품을 만들 생각이었다. 하지만 그림을 그린 본인은 입원 중. 병원으로 다시 찾아가는 것도 할아버지 때문에 내키지 않았다.

이런 상황에서는 작가의 의도를 추측해서 만들 수밖에 없다. 그런 까닭에, 가장 먼저 해야 할 일은 아오키가 무엇을 표현하고 싶었는지에 대해서 넷의 의견을 통일하는……것이지만, 아니나 다를까 해석을 둘러싸고 의견이 분분했다.

"이건, 아오키의 동경을 표현한 그림이 아닐까. 그러니까, 아오키가 보여 주고 싶었던 건, 이상적인 선수."라는 내 의견을, "통찰력이 부족해."라고 일축한 건 호코.

"잘 단련된 이 마초적인 몸은 구로다 선배 그 자체잖아. 아오키는 구로다 선배를 생각하면서 이걸 그린 거라고."

여기에 이의를 제기한 것이 우메하라.

"모델이 '인간'이란 발상이 별로 재미없지 않아요? 그래서는 창작 의욕이 솟아나지 않는다고요."

"구로다 선배가 아니라면 뭐냐고, 이게."

"보고도 모르겠어요? 이거, 팔이 여섯 개나 돼요. 이게 어떻게 보통 인간이겠어요. 사이보그라고요. 그리고 이 팔 속에는 비밀 병기가 장착돼 있어요. 팔을 빼면, 필살 플라스마 빔이 발사되든가 하는."

"촌스럽긴."

이 한마디로 우메하라의 견해를 묵살해 버린 것은 구사마 사쓰키.

"플라스마 빔이라니……, 게임 캐릭터가 아니라고."라며 우메하라의 의견을 깔아뭉갠 구사마 사쓰키가 말한 이미지란 바로 이것.

"당장이라도 하늘을 향해 날아오를 것 같은 이 느낌은 천사야, 분명해."

"우리가 만드는 건, 대중적이고 쿨한 구로다 선배야."라는 호코.

"사이보그의 날쌔고 용맹스러움을 나타내기 위해서, 갑옷 코스튬은 어때요?"라는 우메하라.

"갑옷은 무슨. 등에 날개를 달아야지."라는 구사마 사쓰키.

저마다 자기주장만 할뿐, 한 치의 양보도 없었다. 이대로 가다가는 합의는커녕 공중분해되고 말 거다.

어쩔 수 없이 모두의 의견을 조금씩 반영하자고 타협했지만……, 구로다 선배에 사이보그에 천사, 이게 무슨 오브제냐고.

이미지는 일단 결정됐다(된 걸로 해 두자). 다음 문제는 어떻게 만들 것인가였다.

아오키는 등신대의 피규어 같은 것을 생각했는지도 모른다. 피규어라면 우메하라다.

"피규어를 만드는 데는, 레진 킷을 조립해서 도장하는 방법하고, 처음부터 모든 걸 다 만드는 스크레치 빌드라는 게 있는데요."라며 마니아적인 지식을 과시하고는 고개를 저으며 말했다.

"하지만 폴리퍼티나 에폭시 퍼티 같은 피규어용 재료는 값이 비싸서, 큰 걸 만드는 데는 적당하지 않을 텐데요. 시간도 없고."

분명, 우리에게 남겨진 시간은 단 6일. 그것도 방과 후뿐.

그런데 지금부터 골격을 세우고, 골격에 맞물리도록 서까래로 몸통 부분의 심봉을 만들고, 게다가 목과 손목의 심봉을 몸통에 연결시켜……. 그런 교과서 같은 방법으로 골조를 만들어 점토로 살을 붙인다, 그렇게 손이 많이 가는 작업을 할 시간은 없다. 그보다 이건 조소가 아니라 오브제다. 뭐든 가능한 3차원 작품인 거다.

이때 '최소의 노력으로 최대의 효과를 올린다'는 신조를 갖고 있는 호코가 아이디어를 냈다.

"아예 사람 모양으로 돼 있는 걸 골조를 이용하는 게 제일 간단하잖아."

사람 모양이라면, 마네킹 같은 거?

그래서 떠올린 것이 셔터를 구경하던 할아버지와 할머니들의 이야기. 분명, 상가의 옷 가게가 폐업해서 불편하다는 말을 했다.

다급히 옷 가게였던 점포로 찾아가, 남아 있던 잡동사니 속에서 오래된 마네킹 인형을 찾아냈다.

대형 쓰레기로 내놓아야 하는 것이기 때문에 마음대로 써도 된단다.

게다가 운 좋게, 그 마네킹은 관절을 움직일 수 있는 타입이었다. 관절을 움직여 자세를 잡아 놓고 거기에 살을 붙이면 되지 않을까.

남은 문제는 살을 붙이는 재료였다.

예산은 많지 않았다. 비싼 건 쓸 수 없었다. 이 상황에서는 적당한 가격에 사용하기 편한 지점토 같은 걸 쓸 수밖에 없었다.

점토 이외에도 사야 할 도구는 수두룩했다. 헤라, 조각도, 커터에 아크릴물감, 마네킹을 고정하기 위한 토대를 만들 목재와 목공 도구도 필요하다.

도구들은 무거운 데다 부피도 크다. 대체 어떻게 이만한 도구들을……, 이럴 때 기댈 수 있는 사람은 역시, 그 사람.

오가타 코치에게 의논하자, "재료 사는 거라면, 아저씨가 함께 가 주지."라며 곧바로 우리를 업무용 왜건에 태우고 홈센터에서 화방으로, 화방에서 하비샵까지 온 시내를 종횡무진 달려 주었다.

아무리 가게에 손님이 없다 해도 이렇게까지 해 주다니, 세상에 이런 어른은 그리 많지 않다.

오브제를 완성하면, '협찬 오가타 히카루 전자 상가'라고 작품 뒷면에 새겨 넣고 싶을 정도였다.

시멘트 바닥에 마네킹과 석소점토와 물감을 늘어놓자 창고 같았던 빈 점포가 아틀리에다워졌다. 마감일까지 5일이 남았다.

5일 안에 완성할 수 있을까.

절대적으로 시간이 부족한 절박한 상황을 보다 못한 신이, 무슨 변덕에서인지 오가타 코치 외에 또 한 명의 조력자를 파견해 주었다. 그 조력자는 뜻밖의 어른이었다.

지금까지 도움이라곤 준 적이 없는 모딜리아니가 방과 후, 매일같이 상가에 얼굴을 내밀며 시행착오의 연속인 우리에게, "마네킹은 줄질을 해서 표면 가공하면, 점토가 잘 붙어." 라느니, "근육에 두께감을 주기 위해서는, 종려털로 꼰 줄을 감고 그 위에다 점토를 붙이면 좋아."라느니, "움직임이 복잡한 팔의 골조는 철사로 만들어."라느니, 이런저런 조언을 해 주었다.

고맙긴 하지만 그래도 되나. 이런 곳에 드나들면 완벽하게 공범인데. 교장에게 들키면 어쩌려고.

내가 걱정하자 모딜리아니는 난처한 듯이 눈썹을 추켜올렸다.

"지도교사가 부원들을 나 몰라라 할 수도 없는 노릇이고……."

아니, 그러나 교사 생활을 평온무사하게 마치고 싶으면, 나 몰라라 하는 쪽이 좋지 않을까 싶은데.

"이래 봬도, 나도 미술 교사 나부랭이야. 어떤 오브제가 완성되는지, 끝까지 지켜보는 게 사명이란 거 아니겠냐."

뭐, 그렇게까지 무리하지 않아도 되는데.

"그리고 내가 무슨 말을 한들 포기할 너희도 아니고. 포기하지 않는 사람한테는 아무도 못 당하지."

그렇게 말하고 공허하게 웃는 모딜리아니.

혹시, 자포자기한 건가.

마네킹에 점토를 붙여 나갔다. 돋우고, 깎아 가며 형태를 만들어 나갔다. 전체적인 퍼룸(소재, 질감, 양감, 움직임을 가미해서 만들어진 형-옮긴이)에 주의를 기울이면서도 근육은 늠름하게, 머리카락이며 얼굴의 조형은 깃털처럼 섬세하게. 점토가 마르자, 커터와 조각도로 깎아 표면을 정돈하고, 그 다음은 고운 사포로 문질러서 매끄럽게 했다.

점토 가루가 사방으로 튀어 주위가 온통 새하얬다.

머리며 팔다리 할 것 없이 온몸에 점토 가루를 뒤집어쓰는 걸 막기 위해 모두들 작업복 위에 가루가 잘 묻지 않는 윈드브레이커 같은 점퍼를 덧입었다. 게다가 모자와 마스크는 필수품.

패션에 목숨 거는 구사마 사쓰키조차 센스보다도 점토 가루에서 몸을 지키기 위해 비닐 비옷 차림으로 기술자처럼 일했다.

그렇다, 이건 이미 예술이라기보다 육체노동이었다.

날마다 힘쓰는 일을 하다 보니, 왠지 전시회 알바라도 하는 듯한 기분이었다.

학교에 다니면서 전시회 알바 같은 일을 하는 건 고달팠다. 수업 시간에는 멍하니 있다가 선생님들에게 따가운 눈총을 받았고, 몸은 아프지 않은 곳이 없었고, 수면 부족으로 현기증도 났고, 게다가 집에서는 언제 거짓이 탄로 날까 조마조마했다.

누적된 피로와 연속되는 긴장 때문에, 간혹 내가 뭘 위해서 이런 일을 하는지 의문이 들었다.

그럼에도, 여기에만 오면 의욕이 불끈불끈 솟는 건, 만들고 싶은 것을 자유롭게 만들고 있기 때문일 것이다.

시간이 조금만 더 있으면 좋겠는데…….

시간은 야속하게 흘러갔다.

사흘 만에 토대가 완성됐다.

살풍경한 점포 한가운데에, 팔이 여섯 개 달린 사이보그이고, 천사이고, 구로다 선배인 입체가 우뚝 솟아 있는 풍경은 어지간히 괴이했다.

내 손으로 만들어 놓고 이런 말을 하는 것도 뭣하지만, 아직 색칠하기 전의 하얀 점토 덩어리인데도 묘한 존재감이 있었다. 물질의 존재감이란, 캔버스에 그린 그림과는 비교가 안 될 정도로 크다는 걸 실감할 수 있었다.

작품으로서의 가치는, 아직 제작 중이기 때문에 알 수 없지만 균형을 무시한 과격한 조형이 알 수 없는 에너지를 발산하고 있는 것만은 분명했다.

내일은 이 위에 아크릴물감으로 도장할 텐데, 어떤 것이 만들어질까. 왠지 마음이 설레었다.

위험하다. 이대로 가다가는 도장할 시간이 없다.

점토 일부가 떨어져 나가는 사고로, 작업이 대폭 늦어지고 말았다.

모딜리아니는 마네킹에 점토를 붙였기 때문에 쉽게 떨어지는 게 아니냐고 말했지만, 처음부터 다시 만들 시간은 없다. 내일은 토요일이고, 작품 제출 마감일.

무슨 일이 있어도 내일 정오까지 작품을 제출하지 않으면 안 된다.

잠을 잘 때가 아니다. 아니, 잠을 안 자고 할 수밖에 없다.

그렇다면, 오늘 밤은 여기서 보낼 수밖에 없다.

"샤워도 못하는 이런 데서 보내다니. 사쓰키는, 깨끗한 곳이 좋아. 목욕을 못하면 죽는다고."

그렇게 투덜투덜하던 구사마 사쓰키도 결국 금요일 저녁에는, 화장품 박스와 세면도구를 넣은 캐리어 백을 끌고 아틀리에(라곤 해도 상가의 빈 점포이지만)에 왔다.

그 구사마 사쓰키가 더러운 것 정도로는 죽지 않는다는 것을 알게 된 것만으로도 엄청난 진보였다.

덧붙여, 우메하라의 작은 배낭 속 내용물은 스낵과 좋아하는 피규어였다.

그리고 아틀리에에서 하룻밤을 지내는 알리바이 공작인데……, 이 공작에는 모딜리아니도 한몫해 주기로 했다.

다가오는 지역 일제 학력고사에 대비해서 월요일에 모의시험이 실시될 예정이다(는 건 새빨간 거짓말이다). 그래서 미술부도 시험에 대비해 합숙하면서 공부하자는 이야기가 나왔고, 그 기특한 생각에 감동한 지도교사 모딜리아니가 자택(모딜리아니는 독신으로 아파트 생활)을 제공하고 공부를 가르쳐 주기로 했다, 그렇게 부모들이 눈물 흘리며 좋아할 만한 이야기를 꾸며 내서, 모딜리아니에게 협력을 요청한 것이다.

지금까지 미술부와 한통속이 돼 버린 이상 이제 와서 발을 뺄 수도 없는 모딜리아니는 탄로 났을 때의 공포로 기가 팍 꺾였지만 집집마다 전화를 돌려 주었다.

"……그렇게 됐습니다만, 만약 이 일을 교장 선생님이 아시면 직무를 일탈한 행동이라고 비난받기 쉬우니까, 다른 사람한테는 절대 말씀하지 마시길……."이라고 단단히 입막음하는 것도 잊지 않았다.

하룻밤을 같이 보내게 된 모딜리아니의 조언에 따라 먼저 오브제의 표면을 흰색 젯소로 칠했다. 이렇게 바탕칠을 해 두면, 물감의 발색과 정착이 잘된다고 한다.

"물감에 투명감을 살리려면 이 메디움(물감을 풀어 개어 쓰는 재료-옮긴이)을 섞으면 돼."

모딜리아니는 그런 기술적인 조언은 해 주었지만 그 이상은 일체 참견하지 않았다.

우리가 하는 일에 개입하지 않는(책임도 지지 않지만) 것은, 모딜리아니의 장점.

바탕칠이 마르자, 호코가 구로다 선배의 구릿빛 피부의 이미지 컬러라는 브론즈옐로로 도장을 했다. 아크릴물감은 광

택이 있어서 폭 넓게 쓸 수 있다.

벌거벗은 상반신에 갑옷을 장착시킨 우메하라. 실버 메탈 갑옷이 강철 근육을 강조해 주어 그 부분만 진짜 사이보그 같았다.

에어브러시로 얼굴을 덧칠하는 것은 구사마 사쓰키. 천사의 메이크업이라는데, 에어브러시로 조화롭게 밝기를 잘 조절할 수 있다는 것을 발견하고는, "이거, 인간 메이크업에도 쓸 수 있겠다."라며 기뻐했다.

어쩐지 아오키의 밑그림에서 점점 멀어지는 느낌이었지만, 나는 어차피 이렇게 된 이상 뭐든 하고 싶은 대로 하라는 심정이었다.

오전 0시, 날짜가 바뀌었다.

2시간쯤 전, 모딜리아니는 오가타 코치 손에 이끌려 어디론가 간 뒤로 아직 돌아오지 않고 있다. 모딜리아니는 오가타 코치와 안면을 튼 뒤로 방과 후 날마다 상가에 드나들면서 이젠 완전히 허물없는 사이가 된 모양이었다.

아틀리에(라곤 해도 상가의 빈 점포이지만)는 추웠다. 술 가게 아주머니가 빌려 준 석유난로 덕분에 바깥보다야 춥지 않았지만, 밤이 깊어지자 한기가 뼛속까지 스며들었다. 주먹밥으로 저녁을 때웠기 때문에 배도 고팠다. 왠지 뜨끈한 것이 먹고 싶었다.

편의점에서 사 온 컵라면에 석유난로 위에서 끓는 주전자의 물을 부으면서, "나, 이렇게 진지하게 일한 거, 태어나서 처음일 거야."라고 호코가 말했다.

"그야, 호코 넌 만날 대충대충 때웠으니까."

나는 그런 쓸데없는 말은 하지 않았다.

"왜 그렇게 열심히 할 수 있었던 거지. 역시 구로다 선배를 만들겠다는 각오가 가져다준 결과인가."

그렇구나, 구로다 선배를 만든다는 말은 진심이었구나. 감탄 반, 어이없음 반.

"세쓰코, 넌 열심히 할 수 있었던 이유가 뭐야?"

호코는 나에게 말을 돌렸다.

"그야 뭐, 당연히 다 같이 작품을 만드는 게 즐거우니까."

라고는 물론 입이 찢어져도 못한다.

"그야 뭐, 당연히 미술부를 지키기 위해서지."

"역시나 재미없는 애야."

어깨를 으쓱한 호코가 다음 순간, 돌연 진지한 표정이 되었다.

"세쓰코, 진심으로 대상 탈 거라고 믿어?"

나는 해물 맛 컵라면 국물을 한 입 마시고 나서, "응." 하고 고개를 끄덕였다.

"그 자신감은 어디서 오는 건데?"

"자신감 같은 거 없어. 소중한 걸 포기하는 게 싫을 뿐이지. 난 포기할 줄 모르는 애니까."

"포기할 줄 모르는 애란, 달리 생각하면 최강이지."

호코의 목소리에는 진지함이 배어 있었다.

왠지, 누군가와 이 비슷한 대화를 나눈 적이 있는 것 같은…….

"포기하지, 않는다, 란 말이지."

소가 풀을 반추하듯 입속으로 포기하지 않는다는 말을 곱씹는 호코. 무슨 생각을 했던지 대뜸 "나도 대상 탈 거라고 믿어."라고 말했다.

"그리고 대상 타면, 나, 구로다 선배한테 고백할래."

뭐냐, 그 당돌한 선언은.

후루룩후루룩 소리 내며 라면을 흡입하던 우메하라가 호코의 고백 선언에 사레가 들리고 말았다.

"에이, 더러워라."

구사마 사쓰키가 눈살을 찌푸렸다.

하지만 구사마 사쓰키의 차가운 시선을 무시하고, "'포기하지 않는다'가 어째서 단숨에 '고백하다'까지 비약되는 거죠?"라고 예리하게 호코에게 지적하는 우메하라.

"그게 그러니까, 내가 가장 포기하고 싶지 않은 중요한 일이거든. 2차원 여자에게 고백하는 너한테 그런 말을 한들 알기나 하겠냐."

"너, 너무하잖아요. 저도, 2차원 여자 말고도 좋아하는 사람이 있다고요."

깜짝 놀랐다.

나와 호코는 물론 구사마 사쓰키까지 놀라 "어!" 하고 소리치고 말았다.

"뭐예요, 격한 반응은. 근데 말 안 할래요, 상대방 이름은, 절대로."

아무도 그런 거 묻지 않았거든.

"그랬구나. 좋아하는 사람, 있구나."

호코는 웃음을 참고 있었다.

"그럼, 우메하라 너도 포기하지 말고, 대상 타면 고백하는 게 어때?"

"그러니까 나는 원래부터 포기 같은 거 안 한다잖아요."

발끈하는 우메하라.

그때였다, 구사마 사쓰키가 골똘히 생각하는 듯한 표정으로 말한 건.

"사쓰키도 포기 안 해."

구사마 사쓰키까지 고백?

어떻게 된 거야. 다들, 너무 피곤해서 머릿속 나사가 풀려 버린 건가.

"사쓰키, 중학교 졸업하면 복식 전문학교에 가서, 디자이너가 되고 싶었어. 하지만 엄마 아빠가, 공부해서 일반 고등학교에 가라지 뭐야. 디자이너가 되는 사람은 엄청 재능 있는 몇몇 사람뿐이라면서."

고백은 고백인데, 구사마 사쓰키의 고백은 예상 밖의 것이었다.

장난기 어린 호코의 얼굴이 굳어졌다. 우메하라도 엉겁결에 바로 앉았다.

"근데 사쓰키, 공부는 하기 싫고, 멋만 내고 싶어. 그러니까, 포기하지 않고 아빠랑 엄마를 설득할래."

모두 침묵.

잠시 후, 먹다 만 컵라면 용기를 바닥에 내려놓은 우메하라가, "나도……."라며 진지한 얼굴이 되었다.

"나도, 앞으로 애니메이션 관련 일을 하고 싶어요. 우리 누나는 오타쿠가 헛소리한다고 무시하고, 엄마 아빠는, 너는 공부밖에 잘하는 게 없으니까 죽어라 공부해서 좋은 대학에 가서, 공무원 같은 견실한 직장인이 되래요. 하지만 난 애니메이션이 좋아요."

구사마 사쓰키의 눈동자가 우메하라에게 가 닿으려다 슬그머니 딴 데로 돌아갔다.

"그래서 나도 포기하지 않고 엄마 아빠를 설득할 거예요. 재능이 있는지 없는지 그런 건 모르지만, 최선을 다해 보려고요. 물론 공부도 할 거예요. 애니메이션을 만들려면, 많은 지식이 도움 될 테니까요."

구사마 사쓰키의 시선이 천천히 움직이더니 이번에는 정확하게 우메하라에게 가 닿았다.

"사쓰키도……, 예술 공부라든가, 그런 거 하는 게 좋으려나."

"하는 게, 좋지 않아?"

엉겁결에 얼굴을 마주 보고 만 나와 호코.

글쎄, 이 둘이 평범하게 대화를 나누는 건, 이번이 처음이었으니까. 우메하라와 구사마 사쓰키 사이에 뭔가 따뜻한 것이 오가고 있었다.

컵라면 국물은 완전히 식어 버렸지만 내 마음은 서서히 따뜻해졌다.

이 아수라장에 잠시 찾아온 훈훈한 시간. 아틀리에를 감싼 따뜻한 분위기는, 그러나 드륵드륵 거친 소리를 내며 셔터가 열리고 그와 함께 훅 들어온 밤공기에 깨져 버렸다.

"선물이다."

모딜리아니가 기분 좋은 목소리와 함께 술 냄새를 풍기며 돌아왔다.

우리가 어묵을 덥석덥석 먹는 동안, 모딜리아니는 담요를 둘둘 만 채 잠이 들었다.

어묵이 들어가자 온몸이 따뜻해졌다.

이제 전투 재개다.

구사마 사쓰키는 카드뮴 오렌지와 번트시에나(어두운 적갈색) 같은 갈색 계통으로 메이크업한 얼굴 위에 스팽글을 붙였다. 반짝반짝 빛나는 천사의 얼굴에 자극받은 우메하라는 접착제로 갑옷에 유리구슬과 비즈 장식을 하기 시작했다. 호코도 지지 않겠다는 듯 청동 피부에 밝은 자주와 노랑과 파랑으로 문양을 그리기 시작했다. 덩달아 바람이 흩날리는 머리카락을 골드로 도장해 버린 나. 왠지 공동 작업이라기보다 모두가 뒤범벅이 된 채 격렬하게 싸우는 것 같았다. 그렇게 오브제는 한없이 밑그림에서 멀어져 갔다.

석유난로 위의 주전자에서 슉슉 김이 올랐다. 모딜리아니는 무서운 꿈이라도 꾸는지, 으음으음 하고 신음했다.

그로부터 시간이 얼마나 지났을까. 작업복 주머니에서 휴대전화를 꺼내 보니 05:17. 아틀리에에는 창문이 없어서 확인할 수 없지만 이제 곧 바깥이 희뿌예질 무렵이다.

숨 가쁘게 기우뚱 갸우뚱하며 강행한 작업도 마무리 단계, 이제 니스 칠만 하면 완성된다.

그런데 그제야, "이제 시간이 없다는 건 알지만, 천사에 꼭 날개를 달고 싶어." 그렇게 말을 꺼낸 건 구사마 사쓰키.

진지한 구사마 사쓰키의 눈 밑에는 거뭇한 다크서클이 선명했다. 머리카락도 푸석푸석하고, 멋에 목숨 거는 애가 못 봐줄 정도로 망가진 모습이었다.

"같이 해 줄 수 있을까?"

구사마 사쓰키가 남에게 부탁을 다 하다니……. 자존심을 내던지면서까지 날개를 달고 싶을 정도로 작품에 몰두했다니.

하지만 이미 오브제는 본래의 구상과 지나치게 동떨어져 있었다. 이 정도로 과잉이 돼 버렸는데 날개까지 달면 작품으로써의 평가는 끝난 게 아닐까…….

"이렇게까지 됐는데 뭐. 나는 구로다 선배님한테 날개가 달리든, 꼬리가 달리든 상관없어, 모든 걸 받아들이겠어."

내친김에 그 좋아하는 구로다 선배의 몸에 온통 문신한 것처럼 문양까지 그려 넣은 호코가 말했다. 분명 밤샘 작업 탓에 뇌 기능이 정상적으로 작동하지 않는 거다.

"제 생각엔 '깃털 날개'는 아무리 봐도 안 맞아요, 너무 안 어울려요."

우메하라가 난처한 얼굴로 말했다.

"그러니까 지금은, 사이보그답게 힘 센 '윙'의 이미지로 가야 굉장한 것이 완성될 거 같은데요."

뭐어? 우메하라 너까지 날개를 달겠다고!

예술의 원천은 열정이다. 콘셉트와 기술을 능가하는 것은, 자신들이 대단하다는 믿음. 우메하라가 말한 대로, 굉장한 것이 될 수 있을지 모른다, 남들이 어떻게 평가할지는 제쳐두고.

예술이란 어차피 개인적인 것. 자신들이 하고 싶은 대로 할 수밖에 없다. 그렇게 완성된 세계를 다른 사람들이 저마다 느껴 주면 되는 거다. 타인의 평가를 선택할 것인가, 자신들의 마음을 따를 것인가.

"문제는 무게야. 날개를 달 거면, 토대에 더는 무게가 가해지지 않도록 가볍고, 뗐다 붙였다 할 수 있는 걸 만들어야 돼."

반쯤은 될 대로 되라는 심정으로 말했다.

길었던 이 한 달간의 진짜 막판 스퍼트는 그 이후에 시작되었다.

오전 10시. 셔터를 열었다.

흘러 들어온 아침 공기가 아틀리에 안에 고인 공기를 휘저어 놓았다.

모딜리아니 옆에서 죽은 바다사자처럼 나뒹굴고 있는 건 우메하라. 호코는 파이프 의자에 기댄 채 꾸벅꾸벅 졸고 있었다. 구사마 사쓰키는 간신히 눈은 뜨고 있었지만 초점 없는 시선이 공중을 맴돌고 있었다. 나도 피로가 정점에 달해 있었다. 추위에 곱은 것처럼 손가락이 말을 듣지 않았다. 몸은 기진맥진해서 돌덩이처럼 무거웠다. 그래도 신경은 곤두서 있었다.

살풍경한 공간에 빛이 가득 들어왔고, 바람이 지나갔다.

부스럭부스럭 담요 움직이는 소리가 났다.

아직 반쯤 꿈나라에 있는 모딜리아니는 여기가 어디고, 자신이 누구인지 모르는 사람이 어제의 기억을 더듬듯 주위를 둘러보았다. 흐리멍덩한 모딜리아니의 눈이 아틀리에 중앙으로 이끌려갔다.

색채가 넘쳐났다. 외설스럽고 불온한 에너지가 사방팔방으로 흩어졌다. 인간도, 천사도, 사이보그도 아닌 정체불명의 괴상한 것이 중력을 거스르듯 팔 여섯 개를 힘차게 치켜들고 있었다. 그 등에 붙은 건 깃털이 아닌, 아주 가느다란 철사로 엮은 거대한 날개. 날개가 이슬에 젖은 거미줄처럼 반짝반짝 빛나는 까닭은 철사에 온통 비즈를 끼웠기 때문이다.

"이거, 어때요?"

길고 긴 침묵 후, 모딜리아니의 텅 빈 눈동자에 빛이 들어왔다.

"대단해."

잠이 덜 깬 목소리로 모딜리아니가 말했다.

"저돌적이고, 어마어마하고……, 뭐랄까, 숭고해."

과감하게 싸우는 자만이 승리한다거나, 믿기만 하면 소원은 이루어진다 말을 나도 진심으로 한 건 아니었다. 인생을 14년이나 살고 보면 세상이 그렇게 만만치 않다는 것쯤은 충분히 알 수 있다.

그래도…….

우리의 작품은 낙선했다.

아니, 심사 대상에도 들지 못했다.

높이 2미터가 넘는 오브제. 게다가 팔은 여섯 개나 달렸고, 자세는 복잡하다.

제출하기 전에 망가지기라도 하면 본전도 못 건질 터. 상가 사람들이 구해 준 트럭 짐칸에 함께 탄 우리는, 진동으로 오브제가 흔들릴 때마다 점토가 벗겨지지 않을까, 팔이 떨어지는 건 아닐까 싶어 조마조마.

간신히 심사장인 미술관에 무사히 도착, 세심한 주의를 기울여 옮기는 데까지는 성공했지만 떼어 놓은 날개를 붙인 순간 무게를 이기지 못하고 어깨의 점토가 떨어지고 말았다.

“아까, 주최 측에서 정식으로 연락이 왔어.”

아침 조회 시간 전에, 모딜리아니가 우리 반에 찾아온 사실만으로도 나는 모든 걸 짐작했다.

“심사 위원 선생님들 사이에서는 재미있는 작품이란 평가가 있었던 모양인데……, 역시 미완성인 채로는 심사할 수 없었다고.”

시간에 쫓겨, 단 6일 만에 끝낸 집중 작업. 애초부터 무리였다고 납득하려고 했지만 납득이 되지 않았다.

“방과 후에, 교장이 미술부원들을 호출할 것 같은데.”

각오는 하고 있었지만 쭈르륵 피가 빠져나가는 것이 느껴졌다. 온몸의 힘이 쑥 빠졌다.

미술부는 소멸한다.

교장의 높은 웃음소리가 들리는 것 같았다.

“하지만.”

모딜리아니가 ‘모딜리아니’풍의 희고 갸름한 얼굴을 기울이고 나를 보았다.

“네기시 세쓰코라면 끝까지 포기하지 않겠지.”

내가 아무리 쉽게 단념하지 못하는 애라지만, 그 말은 좀…….

교장실에는 교장과 교감과 모딜리아니 외에도 먼저 온 손님이 둘 있었다. 처음 보는 여자와 평소의 작업복이 아닌 넥타이와 양복 차림의 오가타 코치. 오가타 코치가 왜, 더구나 이렇게 격식 차린 모습으로…….

포마드로 머리를 깔끔하게 고정시킨 교장의 미간에는 조각도로 새긴 듯 세로 주름이 깊게 패어 있었다. 그렇다면, 설마 상가에서 알바했던 것까지 들통 난 건…….

"여러분이 한 일은 지금 싱글벙글상가번영회 회장님께 들었어요."

교장의 목소리는 끝이 뾰족한 칼 같았다.

눈앞이 깜깜했다. 이쯤 되면 '퇴출' 처분 정도로 끝나지 않을 수도 있다.

깜깜한 시야에 오가타 코치의 얼굴이 비집고 들어왔다.

"아 글쎄, 아저씨 가게에선 어제 하루에 전기 고타츠랑 팬히터랑 원적외선 난로가 두 대나 팔렸지 뭐냐."

네에?

"상가에 손님이 늘어난 건, 다 너희들 덕분이야."

우리가 셔터에 그림을 그린 뒤로, 상가에 활기가 돌아왔다고 한다.

일부러 각양각색의 그림을 보러 오는 사람도 있다고, 오가타 코치는 기쁜 듯이 말했다. 아무래도 셔터 그림이 입소문이 퍼진 모양이었다.

또 야간에는 셔터의 그림에 조명을 비춰 주기 때문에 어둡고 한적했던 거리가 밝아지고, 아케이드가 밤의 산책이나 조깅 코스로도 이용되고 있는 모양이었다.

"교장 선생님. 이 아이들이 자원봉사로 열심히 그려 주었습니다."

유난히 '자원봉사'를 강조하는 오가타 코치.

"이야, 정말이지 훌륭한 학생들입니다."

교장은 오가타 코치의 기세에 눌려 반론도 하지 못했고, 거의 칭찬받은 적이 없는 나는 기쁘다기보다 닭살이 돋았다.

"그 뒤로 셔터에 그림을 그려 달라는 신청이 몇 건 들어왔습니다. 이 일을 계기로 빈 점포만이 아니라 모든 가게의 셔터에 그림을 그려서, 싱글벙글상가를 퍼블릭 아트 상가로 내세우자, 뭐 그런 계획도 생각하는 중입니다."

오가타 코치가 모딜리아니에게 눈짓을 했다.

혹시 그 계획의 발안자가 모딜리아니 아닐까…….

"아무튼, 셔터 아트 덕분에 싱글벙글상가가 단번에 유명해져서 매스컴에서도 문의가 들어옵니다."

"지역의 활성화는, 지금 주목받고 있는 화제니까요."

여자가 끼어들었다.

"이쪽은 지역신문 기자 분인데, 그림을 그린 사람이 중학생이라고 했더니, 꼭 당사자들을 취재하고 싶다고 해서 함께 왔습니다."

그렇게 말하고 오가타 코치는 웃음 가득한 얼굴을 교장에게 돌렸다.

"학교 선전도 되고, 괜찮겠죠, 교장 선생님?"

교장은 마지못해 맞장구를 쳤다. 세간의 평판을 신경 쓰는 교장은 매스컴에 약하다.

"이 학교는 공부뿐 아니라, 동아리 활동에도 힘을 쏟고 있다고 들었습니다만."

기자가 교장 쪽으로 몸을 틀었다.

내내 벌레 씹은 얼굴이었던 교장이 몸을 내밀었다.

"확실히 제가 본교에 부임하고부터 운동부 부문, 문화 부문을 합해서 동아리 활동 가입률이 90퍼센트를 넘어서고 있습니다."

교장의 잘난 척은 못 봐줄 정도였다.

교장의 눈초리가 내려갔다.

"미술부 여러분의 그 박력 있는 셔터 아트도, 그런 교육 방침의 바탕에서 생겨난 거다, 그런 말씀이군요."

"제 교육 방침도 물론이거니와 지금까지 수상 경력이 많은 미술부는 우리 학교의 수많은 동아리 중에서도 인정받는 동아리였지요."

"그랬습니까?"

"그게 그러니까, 올해 미술부는…… 상 같은 건 하나도…… 아니, 그러니까, 독특한 활동으로 주목받고 있다고 해야 하나……."

난감해하는 교장.

하지만 기자는 "독특하다고요! 그거 좋군요."라고 감탄하면서 열심히 메모를 했다.

"미술부의 활약이 기대됩니다."

"……글, 쎄요. 저도……, 저 아이들의 활동은 기대하고, 있습니다."

몹시 난감해하는 교장.

"그럼 공부와 동아리 활동의 겸비를 추구하는 교장 선생님의 말씀으로 기사를 마무리하겠습니다."

교장의 이야기를 메모하기를 마친 기자가 큼직한 가방에서 카메라를 꺼냈다.

"그럼, 여러분의 사진을 찍겠습니다."

오가타 코치의 평소와 다른 사무적인 차림은 이 때문이었나.

아니, 그보다도.

지역신문에 자신의 말과 우리와 함께 찍은 사진이 실린다면 제아무리 교장이라도 '퇴출' 얘기는 꺼내지 못하겠지.

또 하나, 좋은 소식이 있었다.

아오키가 복귀했다.

아오키가 등교하면, 할 얘기가 아주 많았다.

아오키의 셔터를 우리가 멋대로 색칠해 버렸는데, 마음에 들지 않으면 어쩌나 싶어 조금 걱정한 것. 그리고 아오키의 밑그림을 바탕으로 오브제를 만든 것. 대상은 타지 못했지만 퇴출은 면한 것. 뭣보다 "무리하게 해서, 미안."이란 말.

하지만 2주일 만에 등교한 아오키를 보자, 한 마디도 나오지 않았다. 원래 말라깽이였던 아오키의 몸이 더더욱 가늘어졌기 때문에.

가까스로 한 마디 했다.

"왔니."

"오랜만이에요."

아오키가 환하게 웃었다.

웃는 그 얼굴만 봐도 왠지 눈물이 나올 것 같아서, 더는 말을 할 수가 없었다.

"아오키, 살 빠졌구나. 살 더 빠지면 몸무게가 없어지는 거 아냐."라고 바보 같은 말을 한 건 우메하라이고, "아니, 너나 살 좀 빼지 그래." 구사마 사쓰키가 날카롭게 지적하자 호코가 입 끝으로 냉소적으로 웃었다.

여느 때와 다름없는 미술부의 분위기에, 아오키가 "아하하!" 하고 소리 높여 웃었다.

# 에필로그

11월 마지막 토요일은 학교 축제.

미술부가 출품한 작품은, 지역 학생 예술전에서 심사 불가 판정을 받은 오브제. 전시 장소는 운동부 동아리 방이 들어선 조립식 건물 앞 광장. 동아리 방이 없는 미술부를 위해 구로다 선배가 각 운동부 부장들에게 허락을 받아 줬다.

구로다 선배의 그런 사람 좋은 모습에, 대상을 놓치고 '고백 포기' 상태였던 호코는 '고백 연기'로 수정하고 졸업식 전에는 반드시 고백하겠다고 새롭게 결의를 다지고 있다.

전시 당일, 전교생 외에도 보호자와 졸업생 등 많은 사람들이 교사 끝자락에 위치한 전시장까지 일부러 오브제를 보러 와 준 것은 전 부원들이 온 학교를 돌아다니며 "미술부의 전시장은 동아리 건물 앞입니다."라고 홍보한 덕분이었다.

하지만 특별히 선전 효과가 있었던 것은 우메하라의 개구리 왕자 코스프레.

우메하라는 구사마 사쓰키가 디자인한 대로 코스프레를 하고 교문 앞에서 전단지를 나눠 줬는데, 머리에 왕관을 쓴 물방울무늬 개구리는 디즈니랜드의 인형 탈만큼이나 인기를 끌었다.

참고로, 미술부는 야구부 동아리 방을 빌려 초상화 가게(무료)도 시작했는데, 아오키 앞에는 늘 줄이 길게 늘어서 대기 번호표를 나눠 줄 정도다.

요코야마 부장이 오브제 앞에 모습을 나타낸 건, 오후 축제가 거의 끝나 갈 무렵이었다.

고등학생인 요코야마 부장은 8개월 전보다 키도 크고 어른스러워진 모습이었다. 나는 뺨이 화끈 달아오르는 것을 들킬 것 같아 제대로 얼굴도 볼 수 없었다.

"뜨거운데."

"아, 덥죠?"

"제작자의 열정이 응축돼 있어."

그, 그런 뜻이었어요?

"열심히들 하고 있구나."

"네. 너무 열심히 하는 바람에 이렇게 돼 버렸어요. ……상도, 못 받았고……."

"상 같은 건, 상관없어."라고 요코야마 부장이 말했다.

"나는, 이거, 좋은데."

"정말요?"

"응. 좋아."

선배의 말이 가을 하늘로 하늘하늘 올라갔다.

좋다는 말이…… 이렇게나 설레는 말이었다니.

# 후기

부원이 넷뿐이라는 것을 이유로 교장에게 동아리 방 퇴거를 명령받은 미술부원들이 학교를 상대로 싸운 전작으로부터 약 한 달 후.

동아리 방을 잃은 네기시 세쓰코와 그 친구들. 낙담하고 있는 줄 알았더니 다시금 무슨 일이 시작되는 눈치가…….
역시 그 애들이 그대로 얌전히 있을 리 없다.

나도 어릴 때부터 그림 그리기를 좋아해서, 중고등학교 6년 동안 줄곧 미술부였다. 고등학교(여고였다) 때는 부장도 했다. 그래서 부장인 세쓰코의 마음은 너무도 잘 안다.

하지만 세쓰코네와 달리 우리는 부원이 마흔 명이나 되었고, 동아리 방을 빼앗기는 대사건도 없었던 아주 평범한 미술부였다.

그래도 미술부는 미술부. 평범하다지만 우리 미술부에는 나름 개성 넘치는 인재가 모여 있었다.

가령, 가방 속에 늘 글러브와 공을 가지고 다니면서 틈만 나면 캐치볼을 하는 부원. 너무나 야구를 좋아한 나머지 야구 만화만 그리다, 결국에는 소프트볼부에서 스카우트 제의를 받은 것은 미술부 부부장이었다.

덕분에 우리 미술부의 분위기는 화기애애했다.

그렇다, 예술은 자유가 생명이기 때문에 선배도 후배도 없었다. 미술부에는 상하 관계 같은 게 없다, 고 하면 좋게 들리겠지만 정확하게 말하면 선배는 후배에게 무시당하는 처지였다.

가령, 부원 전원이 도쿄에 전시회를 보러 갔을 때의 일. 돌아갈 시간이 돼도 집합 장소에 돌아오지 않는 1학년이 있었다. 걱정하며 온 미술관을 뒤져 겨우 찾아낸 그 후배는, "집에 안 갈래요."라며 마음에 드는 작품 앞에서 꼼짝도 안 했다. 너, 초등학생이냐.

이렇게 부원이 40명이나 되는 미술부의 큰살림을 꾸려나가는 것은 고생스럽기도 했지만 축제 때는, 미술실 벽으로도 모자라 복도 끝까지 넘칠 정도로(어쨌거나 40명이니까) 전시된 작품을 보면서 부장을 맡길 잘했다고 뿌듯해하기도 했다. 생각해 보니, 그때 나의 꿈은 '화가가 되고 싶다.'였다. 그것은 아직도 꿈으로 남아 있지만.

그 경험 덕분인지 나는 이 작품을 쓰면서 세쓰코와 미술부원들의 장래를 다양하게 상상해 봤다.

20년 후의 아오키는 재능을 주목받으면서도 여전히 그저 묵묵히 수도승처럼 그림을 계속 그리겠지.

가노 호코는 타고난 장사 수완을 발휘하여 미술상으로 성공, 일본의 젊은 아티스트를 세계에 알릴지도 모른다.

그리고 우메하라는, 감독, 각본, 작화 등 모든 것을 혼자서 작업하는 애니메이션이 높이 평가받아 마니아 사이에서 독보적인 인물이 되고.

신입 부원 구사마 사쓰키는 헐리웃 언저리에서 특수 메이크업의 제1인자가 된다거나.

물론 세쓰코도, 열 받으면 폭발해 버리는 그 성격을 좀 더 세련되게 다듬어 주변 사람들을 끌어들이면서 쑥쑥 전진하겠지…….

그런 상상을 하니, 나도 다시 그 시절의 꿈을 좇고 싶어진다.

조금, 아니 꽤 많이 이야기가 벗어났지만, 예술을 좋아하는 마음 하나로 열정을 쏟는 미술부원들. 세쓰코와 그 친구들의 이야기를 쓰는 일은, 어쩌면 나에게는 동경을 쓰는 것이었는지도 모른다.